- Robe de Nier
    L chan
- Cosaque du ?
- Bechkir p33
- Fort de Bialogorsk p 25

La Fille du capitaine

- Chablis p 50
- Sarafene p 61

ŒUVRES PRINCIPALES

La Dame de pique, suivi de ***Doubrovsky**,* Librio n° 74
Eugène Onéguine
Boris Godounov
L'Oiseau de feu
La Princesse morte et les sept chevaliers
Le Convive de pierre
Contes

Alexandre Pouchkine

La Fille du capitaine

Traduit du russe par Raoul Labry
professeur à la Sorbonne

Texte intégral

© Éditions Aubier-Montaigne, 1964 pour la traduction

CHAPITRE PREMIER

SERGENT DE LA GARDE

> Il pourrait être, dès demain, capitaine de la garde.
> – C'est ce qu'il ne faut pas : qu'il serve dans la ligne !
> – Excellemment dit ! qu'il connaisse la peine !
> ....
> Mais qui est son père ?
>
> Kniajnine.

Mon père, André Pétrovitch Griniov, dans sa jeunesse, avait servi sous le comte Münnich, et pris sa retraite comme major en premier en 17... Depuis cette époque, il vivait dans son domaine du gouvernement de Simbirsk, où il avait épousé demoiselle Avdotia Vassilievna You..., fille d'un pauvre gentilhomme du cru. Nous étions neuf enfants. Tous mes frères et sœurs moururent en bas âge. Pour moi je fus inscrit sur les rôles du régiment Sémionovski avec le grade de sergent, grâce à la protection du major de la Garde, le prince B..., notre proche parent. J'étais porté en congé jusqu'à l'achèvement de mes études. En ce temps-là nous n'étions pas élevés à la manière d'aujourd'hui. À partir de cinq ans je fus remis aux mains du piqueur Savélitch, promu, pour sa tempérance, à la dignité de serviteur attaché à ma personne. Sous sa surveillance, à douze ans, j'avais achevé d'apprendre à lire et à écrire le russe, et je pouvais juger avec une parfaite compétence des qualités d'un lévrier. À cette époque mon père engagea à mon intention un Français, M. Beaupré, qu'on fit venir de Moscou avec la provision annuelle de vin et d'huile d'olive. Son arrivée déplut fortement à Savélitch.

« Grâce à Dieu, grommelait-il à part soi, l'enfant, m'est avis, est bien lavé, peigné, nourri ! Quel besoin, vraiment, de gaspiller de l'argent, et de louer un "Mossieu" ? comme si on n'avait pas assez de gens à soi ? »

Beaupré, dans sa patrie, avait été perruquier, puis, en Prusse, soldat. Il était venu ensuite en Russie *pour être outchitel*, sans rien comprendre au sens de ce mot. C'était un brave garçon, mais étourdi et coureur à l'extrême. Sa principale faiblesse était sa passion pour le beau sexe ; très souvent, en échange de ses tendresses, il recevait des torgnoles, qui le faisaient geindre des journées entières. Par surcroît il n'était pas, suivant son expression, ennemi de la bouteille, c'est-à-dire, en russe, qu'il aimait à lamper un coup de trop. Mais comme on ne servait chez nous de vin qu'au dîner, et encore un seul petit verre par convive, en oubliant même d'ordinaire l'outchitel au passage, M. Beaupré s'habitua très vite à la liqueur russe, et même se mit à la préférer aux vins de sa patrie, comme incomparablement plus salutaire à l'estomac. Nous nous entendîmes sur l'heure, et quoique, par contrat, il se fût engagé à m'enseigner le français, l'allemand et toutes les sciences, il préféra au plus vite apprendre de moi à baragouiner tant bien que mal le russe, après quoi chacun de nous s'occupa désormais de ses seules affaires. Nous vivions en parfait accord. Je ne désirais certes pas d'autre Mentor. Mais bientôt le destin nous sépara et voici à quelle occasion.

Palachka, la lingère, une épaisse fille grêlée, et la vachère borgne Akoulka s'accordèrent, un beau jour, pour se jeter en même temps aux pieds de ma mère, en s'accusant de criminelle faiblesse, et en portant plainte avec force larmes contre « Mossieu », qui avait abusé de leur inexpérience. Ma mère n'aimait pas à plaisanter sur ce chapitre. Elle se plaignit à mon père, dont la justice était expéditive. Sur l'heure il fit mander cette canaille de Français. On lui rapporta que « Mossieu » était en train de me donner sa leçon. Mon père se rendit dans ma chambre. À ce moment, Beaupré dormait sur mon lit du sommeil de l'innocence. J'étais, moi, tout entier à ma besogne. Il faut savoir qu'on avait fait venir pour moi, de Moscou, une carte géographique. Elle pendait au mur, complètement inutilisée, et depuis longtemps elle me séduisait par la largeur et la qualité de son papier. J'avais résolu d'en fabriquer un cerf-volant, et, profitant du sommeil de Beaupré, je m'étais mis au travail. Mon père entra juste au moment où j'essayais d'ajuster une queue en filasse au cap de Bonne-Espérance. À la vue de mes exercices géographiques, mon père me tira l'oreille, puis courut à Beaupré, le réveilla sans aucune précaution et se mit à l'accabler de reproches. Beaupré, dans son effarement, aurait voulu se mettre debout, mais il ne le put : le malheureux Français était ivre mort. Un péché de plus ou de moins, le prix est le même. Mon père le souleva du lit par le collet, le jeta dehors et le jour même le chassa de la maison, pour la joie ineffable de Savélitch. Ainsi prit fin mon éducation.

Je vivais comme tout jeune noble campagnard, avant l'âge de servir, pourchassant les pigeons et jouant à saute-mouton avec les gamins des domestiques. Entre-temps j'avais passé seize ans. C'est alors que mon sort changea du tout au tout.

Un jour d'automne ma mère faisait cuire au salon des confitures au miel et je contemplais, en me pourléchant, le bouillonnement de l'écume. Mon père lisait auprès de la fenêtre le *Calendrier de la Cour*, qu'il recevait tous les ans. Ce livre faisait toujours sur lui une forte impression : jamais il ne le feuilletait sans un singulier intérêt, et sa lecture produisait toujours en lui un étonnant débordement de bile. Ma mère, qui connaissait à fond ses comportements coutumiers, s'efforçait toujours de fourrer ce malheureux livre le plus loin possible, et de cette façon le *Calendrier de la Cour* ne tombait pas sous ses yeux pendant des mois entiers. En revanche, lorsque par hasard il le trouvait, il ne le lâchait plus durant des heures. Donc mon père était en train de lire le *Calendrier de la Cour*, haussant de temps en temps les épaules et répétant à mi-voix : « Général-lieutenant !... Il était sergent dans ma compagnie !... Chevalier des deux Ordres russes !... Mais y a-t-il longtemps que nous... ? » Finalement, mon père jeta le *Calendrier* sur le sofa, et s'enfonça dans une rêverie qui ne présageait rien de bon.

Soudain il s'adressa à ma mère : « Avdotia Vassilievna, quel âge a donc Pétroucha ? »

– Le voilà dans ses dix-sept ans, répondit-elle. Pétroucha est né l'année même où tante Anastasie Guérassimovna est devenue borgne et où encore...

– C'est bon, dit mon père en l'interrompant. Il est temps de l'envoyer au service. Il a assez couru les chambres des servantes et grimpé aux pigeonniers.

L'idée de notre séparation prochaine affecta si fort ma mère qu'elle laissa tomber la louche dans la casserole et que des larmes coulèrent sur son visage. Mon ravissement à moi, au contraire, serait difficile à décrire. L'idée du service s'unissait en moi à celles de la liberté, des plaisirs de la vie à Pétersbourg. Je me voyais officier de la Garde, ce qui, à mon avis, était le comble de la félicité humaine.

Mon père n'aimait ni revenir sur ses décisions, ni retarder leur exécution. Le jour de mon départ fut fixé. La veille, mon père déclara qu'il avait l'intention de me charger d'une lettre pour mon futur chef, et demanda une plume et du papier.

– N'oublie pas, André Pétrovitch, dit ma mère, de saluer aussi de ma part le prince B... et de lui dire que j'espère qu'il continuera à Pétroucha ses faveurs.

– Quelle sottise, répondit mon père en fronçant les sourcils. À quel propos irais-je écrire au prince B...?

– Mais, voyons, c'est toi qui as dit vouloir écrire au chef de Pétroucha.

– Eh bien, alors, quoi?

– Mais, voyons, le chef de Pétroucha est le prince B... Voyons, Pétroucha est inscrit sur les rôles du régiment Sémionovski.

– Inscrit! Qu'est-ce que cela peut me faire qu'il soit inscrit! Pétroucha n'ira pas à Pétersbourg. Qu'apprendra-t-il en servant à Pétersbourg? À dépenser de l'argent et à faire des folies. Non, qu'il serve dans la ligne, qu'il y trime, qu'il renifle l'odeur de la poudre, qu'il devienne un soldat et non un gandin de la Garde! Où est son passeport? Apporte-le-moi!

Ma mère retrouva mon passeport, qu'elle conservait dans son coffret avec la chemisette que je portais à mon baptême, et le remit à mon père d'une main tremblante. Mon père le lut avec attention, le déposa devant lui sur la table et commença sa lettre.

La curiosité me torturait. Où donc m'envoyait-on, si ce n'était plus à Pétersbourg? Je ne quittais pas des yeux la plume de mon père, qui avançait assez lentement. Enfin il acheva sa lettre, la cacheta en un pli unique avec mon passeport, retira ses lunettes, me fit approcher et me dit : « Voici une lettre pour André Karlovitch R..., mon vieux camarade et ami. Tu vas à Orenbourg servir sous ses ordres. »

Ainsi toutes mes brillantes espérances s'écroulaient! Au lieu de la joyeuse vie de Pétersbourg, ce qui m'attendait c'était l'ennui dans un trou, au bout du monde. Le service auquel, une minute auparavant, je songeais avec un tel enthousiasme, m'apparut comme une lourde infortune. Mais il n'y avait pas à discuter! Le lendemain une kibitka de voyage fut avancée auprès du perron. On y installa ma valise, une cantine avec un service à thé, et des paquets de petits pains et de pâtés, dernières marques des gâteries familiales. Mes parents me donnèrent leur bénédiction. Mon père me dit : « Adieu, Pierre ! Sers fidèlement celui à qui tu prêteras serment. Obéis à tes chefs ; ne cours pas après leurs bonnes grâces ; ne te mets pas en avant, mais ne te récuse jamais dans le service et souviens-toi du proverbe : Prends soin de ton habit, dès le premier jour, et de ton honneur, dès la jeunesse. » Ma mère, tout en larmes, me recommanda longuement de prendre soin de ma santé et recommanda à Savélitch de veiller sur le petit. On me fit endosser un touloupe de lièvre et par-dessus une pelisse de renard. Je pris place dans la kibitka avec Savélitch et me mis en route, ruisselant de larmes.

Cette même nuit, j'arrivai à Simbirsk, où je devais rester vingt-quatre heures, pour l'achat de choses indispensables, mission confiée à Savélitch. Je descendis dans une auberge. Savélitch, dès le matin, partit faire le tour des boutiques. Las de regarder de ma fenêtre une ruelle boueuse, j'allai errer à travers toutes les pièces de l'auberge. J'entrai dans la salle de billard. J'y vis un gentilhomme de haute taille, d'environ trente-cinq ans, aux longues moustaches noires, en robe de chambre, une queue de billard à la main et la pipe aux dents. Il jouait avec le marqueur, qui, à tout coup gagnant, vidait un verre de vodka et à tout coup perdant devait passer sous le billard à quatre pattes. Je me mis à observer leur jeu. Plus celui-ci se prolongeait, plus les promenades à quatre pattes se multipliaient, jusqu'à ce qu'à la fin le marqueur restât sous le billard. Le gentilhomme lui assena quelques vigoureuses épithètes en guise d'oraison funèbre et me proposa de jouer une partie. Je refusai par ignorance du billard. Cela lui parut évidemment étrange. Il me jeta un regard presque de commisération. Cependant nous causâmes. J'appris qu'il s'appelait Ivan Ivanovitch Zourine, qu'il était capitaine au régiment de hussards de..., qu'il se trouvait à Simbirsk pour recevoir des recrues, et campait à l'auberge. Zourine m'invita à partager son dîner, à la fortune du pot, entre soldats. J'acceptai avec plaisir. Zourine buvait sec et me versait des rasades, en disant que je devais m'habituer au métier militaire. Il me racontait des histoires de corps de garde, qui me faisaient presque rouler à terre de rire, et nous nous levâmes de table amis achevés. Il m'offrit alors de m'apprendre le billard : « C'est, disait-il, une science indispensable pour nous autres militaires. En campagne, par exemple, on arrive dans quelque bourg. De quoi voulez-vous qu'on s'occupe ? Assurément on ne peut pas toujours rosser les Juifs. Malgré soi on va à l'auberge, et l'on entame une partie de billard : mais pour cela il faut savoir jouer. » Je fus entièrement convaincu, et me mis à l'étude avec application. Zourine m'encourageait bruyamment, s'étonnait de mes rapides progrès et, après quelques leçons, il me proposa de jouer de l'argent, à un demi-kopeck le point, non pas pour le gain, mais seulement pour ne pas jouer pour rien, ce qui, d'après ses dires, était la plus détestable des pratiques. Je consentis encore à cela. Zourine fit servir du punch, et me décida à en tâter, en répétant qu'il fallait s'habituer au métier militaire : et sans punch, que serait-il ce métier ? Je lui obéis. Entre-temps notre jeu se poursuivait. Plus j'avalais de gorgées de mon verre, plus ma témérité grandissait. Mes boules à chaque instant volaient par-dessus la bande ; je m'échauffais, j'invectivais le marqueur, qui comptait Dieu sait comment, j'augmentais l'enjeu d'heure en heure, en un mot, je me conduisais comme un gamin lâché en liberté.

Cependant le temps passa insensiblement. Zourine regarda sa montre, posa sa queue et me déclara que j'avais perdu cent roubles. Cela me troubla quelque peu. Savélitch détenait mon argent. Je me mis à m'excuser. Zourine m'interrompit : « Je t'en prie, pas d'inquiétudes ! Je puis attendre, et sur ce, allons chez Arinouchka. »

Que voulez-vous ? Je terminai la journée aussi mal que je l'avais commencée. Nous soupâmes chez Arinouchka. Zourine à chaque minute emplissait mon verre, en répétant qu'il fallait s'habituer au métier militaire. M'étant levé de table, c'est à peine si je me tenais sur mes jambes. À minuit Zourine me ramena à l'auberge.

Savélitch vint à notre rencontre sur le perron. Il poussa un ah ! douloureux, en voyant les signes indubitables de mon zèle pour le métier.

– Que t'est-il donc arrivé, maître ? dit-il d'une voix plaintive, où as-tu pris cette cuite ? Ah, Seigneur Dieu ! De ta vie, tu n'avais commis semblable péché !

– Silence, vieux débris ! lui répondis-je en bégayant. C'est toi sûrement qui es ivre ; va-t'en dormir... et mets-moi au lit.

Le lendemain, je me réveillai avec la migraine, et le souvenir confus de ce qui s'était passé la veille. Mes réflexions furent interrompues par Savélitch, qui entra avec une tasse de thé. « C'est de bien bonne heure, Pierre Andréitch, me dit-il en hochant la tête, c'est de bien bonne heure que tu commences à faire la noce. Et à qui donc ressembles-tu ? Ni ton père, m'est avis, ni ton grand-père n'étaient des ivrognes. Quant à ta mère, inutile d'en parler, de sa vie elle n'a daigné prendre que du kvas. Mais qui est coupable de tout ? C'est ce maudit « Mossieu » ! Sans cesse il courait chez Antipievna : « Madame, je vous prie, *vodque*. » Voilà où ça mène ces je vous prie ! Il n'y a pas à dire : c'est du joli ce qu'il t'a appris, ce fils de chien ! Et il était bien nécessaire de prendre comme diadka ce mécréant ! comme si notre maître n'avait pas assez de ses gens ! »

J'avais honte. Je tournai le dos et lui dis : « Va-t'en. Je ne veux pas de thé. » Mais il était difficile d'arrêter Savélitch une fois lancé dans un sermon. « Voilà, vois-tu, Pierre Andréitch, ce que c'est que godailler. Tête lourde et plus d'appétit ! Un homme qui boit n'est bon à rien. Avale donc une mixture de concombre et de miel, mais le meilleur remède contre le mal aux cheveux, ce serait un demi-verre de liqueur. N'en voudrais-tu pas ? »

À ce moment entra un garçon de course. Il me remit un billet de la part de Zourine. Je l'ouvris et lus les lignes suivantes :

« Mon cher Pierre Andréievitch, je t'en prie, fais-moi tenir par mon garçon les cent roubles que je t'ai gagnés hier. J'ai un extrême besoin d'argent. Toujours à ton service. Ivan Zourine. »

Il n'y avait rien à faire. Je pris un air indifférent et, me tournant vers Savélitch, préposé à la garde et de mon argent et de mon linge et de mes affaires, je lui donnai l'ordre de remettre cent roubles au garçon :

– Comment ? Pourquoi ? demanda Savélitch, stupéfait.

– Je les lui dois, répondis-je avec toute la froideur possible.

– Tu les dois ? répliqua Savélitch, toujours de plus en plus stupéfait. Mais quand donc, maître, as-tu trouvé le temps de t'endetter envers lui ? L'affaire est louche. Fais comme tu voudras, maître, mais pour l'argent, moi, je ne le donnerai pas.

Je songeai que, si à cette minute décisive je n'avais pas le dernier mot sur l'entêté vieillard, il me serait difficile dans la suite de me libérer de sa tutelle. Aussi lui dis-je, en le toisant :

– C'est moi ton seigneur et maître, tu n'es, toi, que mon domestique. L'argent est à moi. Je l'ai perdu au jeu, parce qu'il m'a plu de le perdre. Je te conseille de ne pas faire le malin et d'exécuter ce qu'on t'ordonne.

Savélitch fut tellement saisi par mes paroles, qu'il leva les bras au ciel, et demeura pétrifié.

– Pourquoi restes-tu là planté ? lui criai-je avec colère.

Savélitch se mit à pleurer.

– Mon bon maître, Pierre Andréitch, dit-il d'une voix tremblante, ne me tue pas de chagrin. Lumière de mes yeux ! Écoute-moi, moi le vieux. Écris à ce brigand que c'était pour rire, que nous n'avons pas pareille somme. Cent roubles ! Dieu de miséricorde ! Dis que tes parents t'ont donné l'ordre absolu, absolu, de ne jouer que des noix...

– Assez de boniments, dis-je en l'interrompant durement, donne ici l'argent, ou je te flanque dehors par la peau du cou !

Savélitch me regarda avec une profonde affliction et alla chercher l'argent de ma dette. J'avais pitié du pauvre vieux, mais je voulais échapper à toute emprise et prouver que je n'étais plus un enfant. L'argent fut remis à Zourine. Savélitch se hâta de me tirer de la maudite auberge. Il vint m'annoncer que les chevaux étaient prêts. La conscience peu tranquille et plein d'un repentir silencieux, je quittai Simbirsk, sans prendre congé de mon professeur, et ne pensant pas le revoir jamais.

CHAPITRE II

LE GUIDE

Ô pays, pays devenu mien
Ô pays inconnu !
Ce n'est pas de moi-même que chez toi suis venu,
Ce n'est pas mon fidèle cheval qui vers toi m'a conduit ;
Ce qui m'y a conduit, moi, le hardi luron,
C'est ma gaillardise, c'est ma bravoure
Et aussi l'enivrante boisson du cabaret.
Vieille chanson.

Mes réflexions pendant la route ne furent pas très agréables. Ma perte au jeu, d'après les prix d'alors, était considérable. Je ne pouvais pas ne pas reconnaître, en mon for intérieur, que ma conduite à l'auberge de Simbirsk avait été stupide, et je me sentais coupable devant Savélitch. Tout cela me tourmentait. Le bon vieux, d'un air morne, était assis sur le siège, me tournant le dos, et restait silencieux, en geignant seulement de temps en temps. Je voulais absolument faire la paix avec lui et ne savais par quoi commencer. Enfin je lui dis :

– Allons, allons, Savélitch ! Assez, faisons la paix, je suis coupable ; je vois moi-même que je suis coupable. Je n'ai fait hier que sottises, et je t'ai injustement offensé. Je te promets désormais de me conduire plus intelligemment et de t'obéir. Allons, ne sois pas fâché, faisons la paix !

– Hélas, Piotr Andréitch, mon maître ! répondit-il avec un profond soupir. Je suis fâché sans doute, mais c'est contre moi-même : moi seul, en tous points, suis coupable. Comment ai-je pu te laisser seul à l'auberge ! Que faire ? Le diable m'avait brouillé l'esprit : j'eus l'idée d'aller faire un tour chez la femme du sacristain, d'aller voir ma commère. C'est bien ça :

on va chez sa commère, et on n'en sort plus, comme de prison ! Voilà tout le malheur ! Comment pourrai-je me montrer aux regards de mes maîtres ? Que diront-ils, lorsqu'ils sauront que l'enfant boit et joue ?

Pour consoler le pauvre Savélitch, je lui donnai ma parole que désormais je ne disposerais pas même d'un seul kopeck sans son consentement. Peu à peu il se calma, quoique de temps en temps il grommelât toujours encore à part soi, en branlant la tête : « Cent roubles ! Une paille ! »

J'approchais du lieu de mon affectation. Autour de moi s'étendaient de tristes solitudes, coupées de collines et de ravins. Tout était couvert de neige. Le soleil se couchait. La kibitka suivait un étroit chemin ou, plus exactement, une piste frayée par des traîneaux de paysans. Soudain le cocher se mit à regarder de côté, et à la fin, ôtant son bonnet, se retourna vers moi et me dit :

— Seigneur, n'ordonnerais-tu pas de rebrousser chemin ?
— Pourquoi donc ?
— Le temps est peu sûr ; le vent se lève un peu. Vois-tu comme il balaie la poussière de neige ?
— Quel mal y a-t-il à cela ?
— Mais vois-tu là-bas ce qu'il y a ? (Le cocher montra l'est de son fouet.)
— Je ne vois rien que la steppe blanche, et le ciel serein.
— Mais là-bas, là-bas : ce petit nuage.

Je vis en effet au ras de l'horizon un petit nuage blanc, que j'avais pris d'abord pour une petite colline éloignée. Le cocher m'expliqua que ce petit nuage était le signe précurseur d'une bourrasque.

J'avais entendu parler des tourmentes de neige dans ces régions et je savais que des convois entiers étaient souvent ensevelis par elles. Savélitch, d'accord avec le cocher, conseillait de revenir en arrière. Mais le vent ne me parut pas fort du tout : j'espérai arriver assez tôt au relais de poste suivant et je donnai l'ordre de presser l'allure.

Le cocher se mit au galop, mais il jetait toujours des regards inquiets vers l'est. Les chevaux couraient de conserve. Le vent entre-temps devenait d'heure en heure plus violent. Le petit nuage s'était transformé en un gros nuage blanc, qui montait lourdement, grandissait et par degrés envahissait le ciel. Une neige fine commença à tomber, puis soudain elle se déversa en gros flocons. Le vent se mit à hurler, la tourmente se déchaîna. Instantanément le ciel sombre se confondit avec la mer de neige. Tout disparut.

– Eh bien, seigneur, cria le cocher, le malheur est arrivé : c'est la bourrasque !...

Je regardai par la portière de la kibitka : tout n'était que ténèbres et tourbillon. Le vent hurlait avec une férocité si expressive qu'il semblait un être animé. La neige nous recouvrait, Savélitch et moi. Les chevaux allaient au pas et bientôt s'arrêtèrent.

– Pourquoi donc n'avances-tu pas ? demandai-je au cocher avec impatience.

– Mais pourquoi avancer ? répondit-il, en descendant de la ridelle. On ne sait déjà même plus où nous nous sommes fourvoyés : plus de route, et un épais brouillard autour de nous.

J'allais le couvrir d'injures. Savélitch prit sa défense :

– Pourquoi diable ne pas l'avoir écouté ? dit Savélitch avec irritation. Tu serais revenu à l'auberge, tu aurais bu verres sur verres de thé, tu aurais dormi bien tranquillement jusqu'au matin ; la tempête se serait apaisée et nous serions partis plus loin. Où allons-nous donc si vite ? Passe encore si c'était à la noce !

Savélitch avait raison. Il n'y avait rien à faire. L'avalanche de neige ne cessait pas. Autour de la kibitka elle s'amoncelait. Les chevaux, immobiles, baissaient la tête et de temps en temps frissonnaient. Le cocher allait et venait autour d'eux et par désœuvrement rajustait les harnais. Savélitch grognait. Pour moi je regardais de tous côtés, espérant découvrir au moins quelque indice d'habitation ou de route, mais je ne pouvais rien distinguer, hormis le tourbillon opaque de la tourmente. Soudain j'aperçus quelque chose de noir.

– Holà, cocher ! criai-je. Regarde : quelle est donc cette tache noire là-bas ?

Le cocher se mit à regarder attentivement.

– Dieu seul le sait, seigneur, dit-il, en remontant sur son siège. Pour être une voiture, ce n'est pas une voiture, pour un arbre, ce n'est pas un arbre. Mais il semble que cela remue : ça doit être ou un loup ou un homme.

Je lui ordonnai de se diriger sur cet objet inconnu qui aussitôt se mit en mouvement vers nous. Deux minutes après, nous étions à la hauteur d'un homme.

– Hé, mon brave ! lui cria le cocher. Dis-moi, ne sais-tu pas où est la route ?

– La route, elle est ici ! je suis sur une bande de terrain solide, répondit le chemineau : mais quel intérêt cela a-t-il ?

– Écoute, bon moujik, lui dis-je, connais-tu cette contrée ? Te chargerais-tu de me conduire à un gîte pour la nuit ?

– La contrée m'est connue, répondit le chemineau. Dieu merci, je l'ai courue à pied et à cheval, en long et en large. Mais tu vois quel temps il fait : tout de suite on va s'égarer. Il vaut mieux s'arrêter et attendre la fin, peut-être la bourrasque s'apaisera-t-elle et le ciel s'éclaircira : alors nous trouverons la route d'après les étoiles.

Son sang-froid me ragaillardit. J'étais déjà décidé, en m'abandonnant à la volonté de Dieu, à passer la nuit en pleine steppe, lorsque soudain le chemineau monta prestement sur le siège et dit au cocher :

– Allons, grâce à Dieu, il y a une habitation tout près. Tourne à droite et en route.

– Mais pourquoi dois-je aller à droite ? demanda le cocher mécontent, où vois-tu une route ? Évidemment, les chevaux sont à un autre, le collier aussi, donc, fouette cocher ! et rondement !

Le cocher me paraissait avoir raison.

– En fait, dis-je, pourquoi penses-tu, toi, que nous ne sommes pas loin d'un lieu habité ?

– Mais parce qu'un coup de vent est venu de ce côté, répondit le voyageur, et j'ai senti une odeur de fumée : preuve qu'un village est proche.

Sa sagacité et la finesse de son flair m'étonnèrent.

J'ordonnai au cocher de se mettre en route. Les chevaux avançaient avec peine dans la neige profonde. La kibitka se mouvait lentement, tantôt se hissant sur un monticule de neige, tantôt tombant dans un ravin et penchant tantôt d'un côté, tantôt de l'autre. Cela ressemblait au tangage d'un navire sur une mer démontée. Savélitch gémissait, en me heurtant les côtes à chaque minute. Je baissai la natte formant portière, m'emmitouflai dans ma pelisse et m'assoupis, bercé par le chant de la tempête et le balancement de notre marche lente.

J'eus un songe, que jamais je n'ai pu oublier et dans lequel je vois jusqu'à aujourd'hui quelque chose de prophétique, lorsque je le confronte avec les étranges vicissitudes de ma vie. Le lecteur m'excusera, car, vraisemblablement, il sait par expérience combien il est naturel à l'homme de s'abandonner à la superstition malgré tout son mépris possible pour les préjugés.

Je me trouvais dans cette disposition de sentiments et d'âme, où la réalité, le cédant aux rêves, se fond avec eux dans les confuses visions du premier sommeil. Il me semblait que la tempête était encore déchaînée et que nous errions encore à travers le désert de neige. Soudain je vis une porte cochère et j'entrai dans la cour d'honneur de notre demeure. Ma première pensée fut la crainte que mon père ne s'irritât de mon retour involontaire sous le toit familial, et ne le jugeât un acte de désobéissance prémédité.

C'est avec angoisse que je sautai hors de la kibitka et je vois ma mère venir à ma rencontre sur le perron avec une mine profondément affligée. « Plus doucement, me dit-elle, ton père est malade, à la mort, et désire te dire adieu. » Saisi d'effroi, je la suis dans la chambre à coucher. Une faible lumière éclaire la pièce ; autour du lit, des gens, debout, aux visages consternés. Tout doucement je m'approche du lit ; ma mère soulève le rideau et dit : « André Pétrovitch, notre petit Pierre est arrivé ; il est revenu à la nouvelle de ta maladie : donne-lui ta bénédiction ! » Je me mis à genoux et fixai mes yeux sur le malade. Que vois-je ? Au lieu de mon père, un moujik à barbe noire est couché dans le lit et me regarde joyeusement. Dans ma perplexité je me retournai vers ma mère en lui disant : « Que signifie cela ? Ce n'est pas mon père. Et pourquoi devrais-je demander sa bénédiction à un moujik ? – Peu importe, petit Pierre, me répondit ma mère. Il remplace ton père ; baise sa main et qu'il te bénisse. Je le veux. » Je refusai. Alors le moujik sauta du lit, saisit sa hache de derrière son dos et se mit à la brandir de tous côtés. Je voulais fuir... et je ne le pouvais pas. La chambre était jonchée de cadavres ; je trébuchais sur les corps et glissais dans des mares de sang. L'effrayant moujik m'appelait d'une voix caressante : « Ne crains rien, me disait-il, viens recevoir ma bénédiction... » L'épouvante et l'incertitude s'emparèrent de moi. Et à cet instant je me réveillai. Les chevaux étaient arrêtés. Savélitch me tenait par le bras en disant :

– Descends, maître, nous sommes arrivés !

– Où sommes-nous arrivés ? demandai-je en me frottant les yeux.

– À une auberge. Avec l'aide de Dieu, nous sommes tombés tout droit sur la clôture. Descends vite, maître, et réchauffe-toi.

Je sortis de la kibitka. La tempête durait encore, quoique avec moins de violence. Il faisait si sombre, qu'on n'y voyait goutte. Le patron nous accueillit à la porte, tenant une lanterne sous le pan de son vêtement, et nous conduisit dans une chambre étroite, mais assez propre : un tison l'éclairait. Au mur étaient suspendus un fusil et un haut bonnet cosaque.

Le patron, cosaque originaire du Yaïk, avait l'aspect d'un moujik d'une soixantaine d'années, encore vert et gaillard. Savélitch me suivit en portant la cantine et réclama du feu pour préparer le thé, qui jamais ne m'avait paru aussi nécessaire. Le patron partit s'affairer.

– Où est donc le guide ? demandai-je à Savélitch.

– Ici, Votre Noblesse, me répondit une voix tombant d'en haut.

Je levai les yeux vers la soupente et je vis une barbe noire et deux yeux étincelants.

– Eh quoi, l'ami, tu es glacé ?

– Comment ne pas l'être sous une unique et maigre houppelande ? J'avais un touloupe, mais pourquoi le cacher ? Je l'ai mis en gage hier chez le tavernier : le gel ne me semblait pas fort.

À cet instant le patron entra avec un samovar bouillant. J'offris à notre guide une tasse de thé. Le moujik se laissa glisser de la soupente. Son extérieur me parut remarquable. C'était un homme d'une quarantaine d'années, de taille moyenne, maigre et large d'épaules. Dans sa barbe noire se montraient quelques poils blancs ; ses grands yeux vifs étaient d'une extrême mobilité. Son visage avait une expression assez agréable, mais rusée. Ses cheveux étaient taillés en rond. Il portait une houppelande en loques et de larges pantalons tatares. Je lui tendis une tasse de thé ; il en tâta et fit une légère grimace. « Votre Noblesse, accordez-moi une grande faveur, faites-moi servir un verre d'eau-de-vie ; le thé n'est pas notre boisson à nous, cosaques. » Je satisfis volontiers son désir. Le patron tira du dressoir une bouteille carrée et un verre, s'approcha de lui et après l'avoir regardé en face : « Tiens, tiens, lui dit-il, te voilà encore dans nos parages ! D'où le bon Dieu t'amène-t-il ? » Mon guide cligna de l'œil d'un air entendu et répondit par ce dicton : « Au jardin je volais, le chanvre becquetais. La vieille m'a jeté un caillou, mais m'a manqué. Eh bien, que font les vôtres ? »

– Ah oui, les nôtres ! répondit le patron, continuant la conversation en termes allégoriques. On allait sonner vêpres, mais la femme du pope l'interdit : quand le pope est chez ses amis, les diables s'en donnent dans la paroisse.

– Tais-toi, l'oncle, répliqua le vagabond. S'il pleut, il y aura des champignons ; s'il y a des champignons, il y aura panier pour les mettre ; mais maintenant (et il cligna de l'œil de nouveau), fourre ta hache derrière ton dos : le garde forestier fait sa ronde. Votre Noblesse ! à votre santé !

À ces mots il prit le verre, se signa et le vida d'un trait, puis il s'inclina devant moi et retourna sur la soupente.

Je ne pouvais rien comprendre alors à cet argot de voleurs, mais plus tard je devinai qu'il s'agissait des affaires des cosaques du Yaïk, qu'on venait seulement de mater après la révolte de 1772. Savélitch écoutait, en manifestant un grand mécontentement. Il dévisageait d'un air soupçonneux tantôt le patron, tantôt le guide. L'auberge, ou « l'oumiot » dans la langue du pays, se trouvait à l'écart, en pleine steppe, assez loin de toute agglomération, et ressemblait tout à fait à un repaire de brigands. Mais il n'y avait rien à faire. Il était impossible de songer même à continuer sa route. L'inquiétude de Savélitch m'amusait fort. Entre-temps, je me disposai à passer la nuit et m'allongeai sur le banc. Savélitch décida de se hisser sur le poêle ; le patron se coucha sur le plancher. Bientôt l'isba tout entière ronfla, et moi je m'endormis comme une masse.

Je me réveillai au matin assez tard. Je vis que la tourmente s'était apaisée. Le soleil brillait. La neige couvrait d'une nappe étincelante la steppe infinie. Les chevaux étaient attelés. Je payai le patron, qui nous demanda un prix si modique que Savélitch n'entra même pas en discussion avec lui et n'entreprit pas son marchandage habituel, et en oublia complètement ses soupçons de la veille. J'appelai le guide, le remerciai pour son aide et ordonnai à Savélitch de lui donner un demi-rouble de pourboire ! Savélitch se rembrunit. « Un demi-rouble de pourboire ! s'écria-t-il, et pourquoi ? Parce que tu as bien voulu le voiturer jusqu'à l'auberge ? À ton aise, maître : nous n'avons pas de demi-rouble de trop. Si l'on donne des pourboires à tout le monde, nous serons bientôt nous-mêmes réduits à la famine. » Je ne pouvais discuter avec Savélitch. L'argent, selon ma promesse, était à son entière disposition.

J'éprouvais cependant du dépit de ne pouvoir remercier un homme qui m'avait tiré, sinon d'un malheur, du moins d'une situation très désagréable.

– Bon, dis-je froidement : si tu ne veux pas donner un demi-rouble, tire quelque chose pour lui de ma garde-robe. Il est vêtu trop légèrement. Donne-lui mon touloupe de lièvre.

– Mais de grâce, mon bon maître Piotr Andréitch, dit Savélitch. Pourquoi lui donner ton touloupe de lièvre ? Il le boira, le chien, au premier cabaret.

– Ça, mon petit vieux, ce n'est pas ton affaire, repartit le vagabond, si je la bois ou non. Sa Noblesse me fait cadeau d'une de ses pelisses à lui. Telle est sa volonté de maître, ton devoir de serf, à toi, est de ne pas discuter et d'obéir.

– Tu n'as pas la crainte de Dieu, brigand ! répondit Savélitch d'une voix irritée. Tu vois que l'enfant n'a pas encore l'âge de raison, et toi tu te réjouis de le dépouiller, à cause de sa naïveté. À quoi te servirait le petit touloupe de mon maître ? Tu ne pourrais même pas en affubler tes énormes et maudites épaules.

– Pas d'histoires, je te prie, dis-je à mon diadka. Apporte tout de suite ici le touloupe.

– Mon Dieu, Seigneur ! gémit mon Savélitch. La pelisse de lièvre est presque entièrement neuve ! Passe encore pour quelqu'un de bien, mais pour un gueux d'ivrogne !

Cependant le touloupe de lièvre apparut. Le moujik se mit aussitôt à l'essayer. En effet le touloupe, qui déjà était juste pour moi, était un peu étroit pour lui. Cependant il réussit je ne sais comment à l'enfiler, en faisant éclater les coutures. C'est tout juste si Savélitch ne se mit pas à hurler en entendant craquer les fils. Le vagabond était extraordinairement satisfait de mon cadeau. Il m'accompagna jusqu'à la kibitka et me dit en s'inclinant très bas : « Merci, Votre Noblesse ! Que Dieu vous récompense pour votre bienfaisance ! Jamais je n'oublierai vos faveurs. » Il tira de son côté, et moi je continuai ma route, sans faire attention à Savélitch, et bientôt j'oubliai la rencontre de la veille, mon guide et le touloupe de lièvre.

Arrivé à Orenbourg, j'allai tout droit me présenter au général. Je vis un homme de haute taille, mais déjà voûté par l'âge. Ses longs cheveux étaient tout blancs. Son vieil uniforme décoloré rappelait le militaire de l'époque d'Anna Ivanovna, et son parler avait un fort accent allemand. Je lui remis la lettre de mon père : au nom de celui-ci, il jeta sur moi un regard rapide. « Mon Tieu ! dit-il, il n'y a pas si longtemps, apparemment, qu'André Pétrovitch avait encore ton âge ! Et maintenant voilà quel kaillard de fils il a déjà ! Ah, le temps, le temps ! » Il décacheta la lettre et se mit à la lire à demi-voix, en la commentant :

– « Très honoré André Karlovitch, j'espère que Votre Excellence... » En voilà des zérémonies ! Pfi, comment n'a-t-il pas honte ? Évidemment la discipline avant tout, mais écrit-on ainsi à un vieux kamrat ?... « Votre Excellence n'a pas oublié... » hum ! « et lorsque... » par feu le feldmarchal Mün... « dans la campagne... et aussi... la petite Caroline... » Eh, eh, le frère ! il se souvient donc encore de nos vieilles frasques ?... « Maintenant au fait. C'est vers vous que mon pendard... » hum !... « le tenir avec des moufles de hérisson ». Qu'est-ce que c'est que ces moufles de hérisson ? Ça doit être une russe proverbe. Qu'est-ce que c'est que tenir avec des moufles de hérisson ? répéta-t-il en se tournant vers moi.

– Cela veut dire, lui répondis-je de l'air le plus innocent possible : traiter avec douceur, sans trop de sévérité, donner assez de liberté.

– Hum ! je comprends... « et ne pas lui donner de liberté... » Non, évidemment les moufles de hérisson veulent dire autre chose... « Ci-joint son passeport. » Où est-il donc ? Ah, le voici... « Le rayer du régiment Sémionovski. » Bien, bien, tout sera fait... « Tu me permettras sans cérémonie de t'embrasser et... en vieux compagnon et ami. » Ah, enfin, il a compris !... etc., etc. Eh bien, mon ami, dit-il après avoir achevé la lettre et mis de côté mon passeport, tout sera fait : tu seras muté comme officier au réchiment de *** et, pour que tu ne perdes pas de temps, pars dès demain pour le fort de Biélogorsk, où tu seras dans le détachement du capitaine Mironov, un brafe homme et un homme d'honneur. Là-bas tu seras vraiment au service, tu apprendras la tiscipline. Tu n'as rien à faire à Orenbourg ; la tissipation est pernicieuse pour un jeune homme. Et pour aujourd'hui je te prie à dîner chez moi.

De mal en pis, d'heure en heure ! pensai-je en moi-même. À quoi m'a servi d'être déjà sergent de la garde presque dans le sein de ma mère ? Où cela m'a-t-il conduit ? Au régiment de *** et dans un fort perdu aux confins des steppes des Kirghizes-Kaïssak... Je dînai chez André Karlovitch, à trois avec son vieil aide de camp. Une rigoureuse économie à l'allemande régnait à sa table, et je pense que la peur de voir un convive supplémentaire partager parfois son monacal repas de célibataire fut en partie la cause de mon envoi précipité dans une garnison lointaine. Le lendemain je pris congé du général et me mis en route vers le lieu de mon affectation.

CHAPITRE III

LE FORT

> En forteresse nous vivons,
> Du pain mangeant, de l'eau buvant,
> Mais quand nos ennemis féroces
> Viendront de nos pâtés tâter,
> À ces hôtes beau festin servirons,
> De mitraille le canon chargerons.
> Chanson de soldat.
>
> Ce sont gens du passé, mon cher.
> Le Mineur.

Le fort de Biélogorsk se trouvait à quarante verstes d'Orenbourg. La route suivait la berge escarpée du Yaïk. Le fleuve n'était pas encore gelé et ses flots de plomb étaient d'un noir triste entre les rives monotones couvertes d'une neige blanche. Au-delà s'étendaient les steppes kirghizes. J'étais plongé dans des réflexions plutôt chagrines. La vie dans une garnison avait peu d'attraits pour moi. Je m'efforçais de m'imaginer le capitaine Mironov, mon futur chef, et je me le représentais comme un vieillard sévère et irascible, ne connaissant que le service, prêt à me mettre aux arrêts, au pain et à l'eau, pour la moindre vétille.

Entre-temps, il commença à faire sombre. Nous marchions à assez bonne allure. « Y a-t-il loin jusqu'au fort ? demandai-je au conducteur. – Non, répondit-il. On le voit déjà, là-bas. » Je regardais de tous les côtés, m'attendant à découvrir de menaçants bastions, tours et fossé, mais je ne vis rien qu'un pauvre village entouré d'une palissade de pieux. D'un côté se dressaient trois ou quatre meules de foin à demi enfouies sous la neige ; de l'autre, un moulin bancal, aux ailes en écorce de tilleul qui pendaient paresseusement. « Où est donc le fort ?

demandai-je avec étonnement. – Mais le voici ! » répondit le conducteur, en me montrant le pauvre village, et sur ce mot nous y entrâmes. À la porte, je vis un vieux canon de fonte ; les rues étaient étroites et tortueuses, les isbas basses et couvertes pour la plupart de chaume. Je donnai l'ordre de me conduire chez le commandant, et, une minute après, la kibitka s'arrêta devant une maisonnette en bois, bâtie sur un emplacement élevé, près d'une église en bois, elle aussi.

Personne ne vint à ma rencontre. J'entrai dans le vestibule et ouvris la porte donnant dans l'antichambre. Un vieil invalide, assis sur une table, était en train de rapiécer au coude, avec un morceau de drap bleu, un uniforme vert. Je lui donnai l'ordre de m'annoncer. « Entre, mon bon Monsieur, répondit l'invalide, les nôtres sont à la maison. » J'entrai dans une petite pièce proprette, meublée à la mode du bon vieux temps. Dans un coin se dressait un buffet à vaisselle ; au mur pendait un diplôme d'officier, encadré sous verre ; à côté de lui s'étalaient des gravures populaires représentant la prise de Custrin et celle d'Otchakov, ainsi que : *Le Choix de la fiancée* et *Les Funérailles du chat*. Près de la fenêtre, était assise une vieille dame en douillette, un mouchoir sur la tête. Elle dévidait un écheveau, que tenait, tendu sur ses mains écartées, un petit vieux borgne, en uniforme d'officier. « Qu'y a-t-il à votre service, mon bon Monsieur ? » demanda-t-elle, sans interrompre sa besogne. Je répondis qu'arrivé pour prendre mon service, je venais me présenter, comme l'exigeait mon devoir, à Monsieur le Capitaine, et j'allais m'adresser, en l'appelant ainsi, au petit vieux borgne que je prenais pour le commandant du fort, lorsqu'elle me dit : « Ivan Kouzmitch est absent. Il est allé rendre visite au père Guérassime ; mais peu importe, mon bon Monsieur, je suis la patronne. Sois des nôtres ! assieds-toi, mon bon Monsieur. » Elle appela une servante et lui ordonna de faire venir le sous-officier cosaque. Le petit vieux, de son œil unique, me regardait avec curiosité. « Oserai-je vous demander, dit-il, dans quel régiment vous avez bien voulu servir ? » Je satisfis sa curiosité. « Et oserai-je vous demander, continua-t-il, pourquoi vous avez bien voulu passer de la garde dans la ligne ? » Je répondis que telle avait été la volonté du commandement. « Sans doute pour des actes peu dignes d'un officier de la garde, continua mon inlassable questionneur. – Assez de bavardages ! lui dit la femme du capitaine. Tu le vois bien, ce jeune homme est fatigué du voyage ; il n'a que faire de toi... Tiens donc tes mains plus droites !... Quant à toi, mon bon Monsieur, continua-t-elle en s'adressant à moi, ne t'afflige pas si on t'a collé dans notre trou. Tu n'es pas le premier, tu ne seras pas le dernier. Avec de la patience, l'amour vient. Chvabrine Alexis Ivanytch, voici déjà cinq ans qu'il a été muté chez nous à la suite d'un meurtre. Dieu seul sait quel démon l'a égaré. Il est allé, vois-tu, hors de la ville, avec un lieutenant. Ils avaient pris leurs épées et les voilà à se pousser des pointes et Alexis Ivanytch a transpercé le lieutenant, et encore devant témoins ! Que voulez-vous ! Tout le monde peut pécher ! »

À cet instant entra le sous-officier, un jeune cosaque de belle taille.

– Maximytch ! lui dit la femme du capitaine, assigne un logement à Monsieur l'Officier, et qu'il soit bien propre !

– À vos ordres, Vassilissa Iegorovna, répondit le sous-officier. Ne pourrait-on pas mettre Sa Noblesse chez Ivan Polejaiev ?

– Sottise, Maximytch ! dit la femme du capitaine, chez Polejaiev on est déjà assez à l'étroit comme ça ! Et puis Polejaiev est mon compère et il n'oublie pas que nous sommes ses chefs. Conduis Monsieur l'Officier... quel est votre prénom et votre patronyme, mon bon Monsieur ?

– Pierre Andréitch.

– Conduis Pierre Andréitch chez Siméon Kouzov. Ce brigand a lâché son cheval dans mon jardin. Alors quoi, Maximytch, tout va-t-il bien ?

– Tout est calme, grâce à Dieu, répondit le cosaque ; seulement le caporal Prokhorov s'est longuement cogné au bain avec Oustinia Negoulina pour un baquet d'eau chaude.

– Ivan Ignatitch ! dit la femme du capitaine au petit vieux borgne, examine cette histoire de Prokhorov avec Oustinia : vois qui a raison et qui a tort. Et punis-les tous les deux. Eh bien, Maximytch, tu peux disposer. Pierre Andréitch, Maximytch va vous conduire à votre logement.

Je saluai et partis. Le sous-officier m'amena dans une isba, située sur la rive escarpée de la rivière, tout au bout du fort. Une moitié de l'isba était occupée par la famille de Siméon Kouzov, l'autre me fut réservée. Elle consistait en une seule chambre assez propre, divisée en deux par une cloison. Savélitch se mit à s'installer, et moi je me mis à regarder par l'étroite et petite fenêtre. Devant moi s'étalait la triste steppe. Quelques pauvres isbas se dressaient de guingois ; le long de la rue erraient quelques poules. Une vieille, debout sur son perron avec une auge, appelait ses porcs, qui lui répondaient par d'amicaux grognements. Et voilà dans quel coin j'étais condamné à passer ma jeunesse ! Le cafard s'empara de moi ; je m'éloignai de la fenêtre et me couchai sans dîner, malgré les remontrances de Savélitch, qui répétait d'un air désolé : « Seigneur Dieu ! ne daignera-t-il rien manger ? que dira ma maîtresse, si le petit tombe malade ? »

Le lendemain, au matin, je commençais seulement à m'habiller, lorsque la porte s'ouvrit et entra un jeune officier de petite taille, au visage basané, remarquablement laid, mais extraordinairement animé. « Pardonnez-moi, me dit-il en français, si je viens sans cérémonie faire votre connaissance. Hier, j'ai appris votre arrivée ; le désir de voir enfin un visage humain s'est si fortement emparé de moi, que je n'ai pu y résister. Vous comprendrez cela, lorsque vous aurez vécu ici quelque temps. » Je devinai que c'était l'officier exclu de la garde à la suite d'un duel. Nous fîmes aussitôt connaissance. Chvabrine n'était pas du tout sot. Sa conversation était spirituelle et attachante. Il me décrivit, avec une verve joyeuse, la famille du commandant, sa société et le pays où m'avait égaré le sort.

Je riais d'un cœur candide lorsque entra l'invalide qui raccommodait son uniforme dans l'antichambre du commandant. De la part de Vassilissa Iegorovna, il m'invita à venir dîner. Chvabrine s'offrit à m'accompagner.

En approchant de la maison du commandant, nous vîmes sur une petite place une vingtaine d'invalides vieillots, à longs catogans, coiffés de tricornes. Ils étaient rangés en ligne. Devant eux se tenait le commandant, vieillard alerte et de haute taille, en bonnet et robe de chambre de nankin. À notre vue, il s'approcha, me dit quelques mots aimables et se remit à commander la manœuvre. Nous allions nous arrêter pour regarder l'exercice, mais il nous pria d'aller chez Vassilissa Iegorovna, en promettant de nous suivre. « Ici, ajouta-t-il, vous n'avez rien à regarder. »

Vassilissa Iegorovna nous reçut avec simplicité et cordialité et me traita comme si elle me connaissait depuis toujours. L'invalide et Palachka mettaient la table. « Mais pourquoi donc mon Ivan Kouzmitch s'attarde-t-il tant à l'exercice aujourd'hui ? » dit la commandante. « Palachka, appelle ton maître à dîner ! Mais où est donc Macha ? » Alors entra une jeune fille de dix-huit ans, au visage rond et rose, les cheveux blond clair, tirés derrière les oreilles, qui rougissait, rougissait.

Au premier regard elle ne me plut pas beaucoup. Je la considérais avec prévention : Chvabrine m'avait décrit Macha, la fille du capitaine, comme une sotte achevée, et Maria Iegorovna s'assit dans un coin et se mit à coudre. Entre-temps, on servit la soupe aux choux. Vassilissa Iegorovna, ne voyant pas son mari, envoya une seconde fois Palachka le chercher. « Dis à ton maître : les invités attendent, la soupe va refroidir. Grâce à Dieu, l'exercice ne s'envolera pas. Il aura toujours le temps de s'époumoner. » Le capitaine apparut bientôt, accompagné du petit vieux borgne. « Qu'est-ce que cela signifie, mon bon ? lui dit sa femme. Le dîner est servi depuis une éternité et on t'appelle en vain ! »

– Mais, voyons, Vassilissa Iegorovna, répondit Ivan Kouzmitch, j'étais occupé aux devoirs du service : l'instruction de mes bonshommes.

– Allons, assez ! répliqua la femme du capitaine. Ce sont des histoires, que tu instruis les soldats. Le service, c'est trop fort pour eux, et toi, tu n'y entends rien. Si tu restais tranquille à la maison et à prier Dieu, ça vaudrait mieux. Chers invités, je vous prie, à table !

Nous prîmes place pour le dîner. Vassilissa Iegorovna ne se taisait pas un seul instant et m'accablait de questions : qui étaient mes parents ? étaient-ils en vie ? où habitaient-ils ? quelle était leur situation ? En apprenant que mon père possédait trois cents âmes : « Ce n'est pas charge légère ! dit-elle. Y en a-t-il des gens riches par le monde ! Pour nous, mon bon Monsieur, nous avons en tout une seule serve, Palachka. Mais, grâce à Dieu, nous vivons tout petitement. Il n'y a qu'un malheur : Macha est à marier, mais quelle dot a-t-elle ? Un démêloir, un houssoir et une pièce de trois kopecks (Dieu me pardonne !), juste de quoi aller au bain. Ce sera bien, si elle trouve un brave garçon ; sinon elle restera vieille fille, toujours à marier. » Je regardai Maria Ivanovna, elle était toute rouge et des larmes tombèrent goutte à goutte dans son assiette. J'eus pitié d'elle et me hâtai de changer de conversation.

– J'ai entendu dire, déclarai-je assez mal à propos, que les Bachkirs s'apprêtent à attaquer votre fort.

– De qui donc, mon bon Monsieur, as-tu daigné l'apprendre ?

– C'est ce qu'on m'a conté à Orenbourg, dis-je.

– Balivernes ! s'écria le commandant, chez nous, depuis longtemps on n'en parle plus. Les Bachkirs sont gens apeurés, quant aux Kirghizes, ils ont reçu une bonne leçon. Il n'y a pas de danger qu'ils se frottent à nous. Et s'ils s'y frottent, je leur administrerai une telle volée, que je les calmerai pour une dizaine d'années.

– Et vous, continuai-je en m'adressant à la femme du capitaine, n'avez-vous pas peur de rester dans un fort exposé à de tels dangers ?

– On s'y fait, mon bon Monsieur ! répondit-elle. Il y a une vingtaine d'années, lorsqu'on nous a mutés du régiment ici, miséricorde ! comme j'avais peur de ces maudits païens ! Dès que je voyais leurs bonnets de lynx, et dès que j'entendais leurs glapissements, le croirais-tu, mon cher, mon cœur vraiment défaillait. Mais maintenant je m'y suis faite si bien, que je ne bougerais pas d'une semelle si on venait nous dire que ces brigands battent la campagne autour du fort.

– Vassilissa Iegorovna est la plus courageuse des dames, remarqua gravement Chvabrine.

– Mais oui, sais-tu, dit Ivan Kouzmitch : elle n'est pas de la bande des froussardes.

– Et Maria Ivanovna ? demandai-je. Est-elle aussi brave que vous ?

– Brave, Macha ? répondit sa mère. Non, Macha est une petite poltronne. Jusqu'à maintenant elle ne peut entendre un coup de fusil sans trembler de tous ses membres. Et lorsqu'il y a deux ans Ivan Kouzmitch eut l'idée, pour ma fête, de tirer notre canon, c'est tout juste si la peur ne l'a pas expédiée dans l'autre monde, la chère enfant. Depuis lors, certes, nous ne tirons plus de ce maudit canon.

Nous nous levâmes de table. Le capitaine et sa femme s'en allèrent dormir, et moi je me rendis avec Chvabrine avec lequel je passai toute la soirée.

CHAPITRE IV

LE DUEL

> En garde, monsieur, s'il vous plaît,
> Je vais vous percer le portrait.
> KNIAJNINE.

Quelques semaines passèrent, et la vie dans le fort de Biélogorsk était devenue pour moi non seulement supportable, mais même agréable. Dans la maison du commandant j'étais reçu comme un proche. Le mari et la femme étaient des gens tout à fait respectables. Ivan Kouzmitch, fils de soldat, s'était élevé au rang d'officier. C'était un homme sans instruction et simple, mais d'une honnêteté et d'une bonté parfaites. Sa femme le gouvernait, ce qui s'accordait parfaitement avec son incurie. Vassilissa Iegorovna considérait même les affaires du service comme ses affaires domestiques, et administrait le fort exactement comme son ménage. Maria Ivanovna cessa bientôt de faire la sauvage avec moi. Nous fîmes connaissance. Je trouvai en elle une jeune fille raisonnable et sensible. Sans m'en apercevoir je m'attachai à cette excellente famille et même à Ivan Ignatitch, le lieutenant de garnison borgne auquel Chvabrine avait imaginé de prêter des relations coupables avec Vassilissa Iegorovna, ce qui n'avait même pas l'ombre de la vraisemblance; mais Chvabrine ne s'en inquiétait pas.

J'avais été promu officier. Le service ne m'était pas à charge. Dans ce fort protégé de Dieu il n'y avait ni revues, ni exercices, ni gardes. Le commandant, suivant son bon plaisir, menait parfois les soldats à la manœuvre, mais il n'avait pu encore réussir à leur faire distinguer à tous leur droite de leur gauche, bien que beaucoup d'entre eux, pour ne pas s'y tromper, se signassent avant chaque demi-tour. Chvabrine avait quelques livres français. Je me mis à les lire et en moi s'éveilla le goût de la littérature. Chaque matin je lisais, je m'exerçais à traduire et parfois aussi à faire des vers. Je dînais presque toujours chez le commandant, où je passais d'ordinaire le reste de la journée et où le soir venaient parfois le père Guérassime et sa femme, Akoulina Pamphilovna, la première cancanière de tout le voisinage. Naturellement, je voyais chaque jour Alexis Ivanytch Chvabrine ; mais d'heure en heure sa conversation devenait pour moi moins agréable. Ses perpétuelles plaisanteries sur le compte de la famille du commandant me déplaisaient fort, surtout ses remarques caustiques sur Maria Ivanovna. Il n'y avait pas d'autre société dans le fort, mais je n'en désirais pas d'autre.

Malgré les prédictions, les Bachkirs ne bougeaient pas. La tranquillité régnait autour de notre fort. Mais la paix fut rompue par une soudaine discorde intestine.

J'ai déjà raconté que je m'occupais de littérature. Mes essais, pour l'époque, étaient passables et Alexandre Pétrovitch Soumarokov, quelques années plus tard, en faisait grand éloge. Un jour je réussis à achever une chanson dont je fus fort satisfait. On sait que les auteurs, parfois sous le couvert d'une demande de conseils, recherchent un auditeur qui les loue. C'est ainsi que, après avoir recopié ma chanson, je la portai à Chvabrine, qui seul dans toute la forteresse pouvait apprécier une pièce de vers. Après un court préambule je tirai mon cahier de ma poche et lui lus les vers suivants :

> Je veux cesser d'aimer Marie
> Afin d'oublier sa beauté,
> Il faut, hélas, que je m'enfuie
> Pour retrouver ma liberté.

> Mais ces yeux qui m'emprisonnèrent
> À tout instant sont près de moi ;
> De leur éclat ils me troublèrent,
> Et mon esprit reste en émoi.

> Jette un regard à ma souffrance,
> Marie, et prends pitié de moi ;
> Daigne accorder la délivrance
> À celui qui gît devant toi.

« Comment trouves-tu cela ? » demandai-je à Chvabrine, m'attendant à un éloge, comme à un tribut qui m'était dû sans conteste. Mais à mon grand dépit Chvabrine, d'habitude indulgent, déclara tout net que ma chanson n'était pas bonne. « Pourquoi donc ? » lui demandai-je, en cherchant à cacher mon dépit.

– Parce que, répondit-il, de tels vers sont dignes de mon maître Vassili Kirilytch Trediakovski et me rappellent fort ses petits couplets d'amour.

Il prit alors mon cahier et commença sans merci à analyser chaque vers et chaque mot, en se moquant de moi de la façon la plus caustique. Je n'y tins pas, et arrachai de ses mains mon cahier. Je lui dis que jamais plus je ne lui montrerais mes productions. Chvabrine se moqua aussi de cette menace.

– Nous verrons, dit-il, si tu tiendras ta parole. Les poètes ont besoin d'auditeurs, comme Ivan Kouzmitch a besoin d'un carafon de vodka avant chaque repas. Mais quelle est donc cette Marie, à qui tu déclares ta tendre passion et ton amoureux tourment ? Ne serait-ce pas Maria Ivanovna ?

– Ce n'est pas ton affaire, répondis-je en fronçant les sourcils. Quelle que soit cette Marie, je ne te demande ni ton avis, ni tes conjectures.

– Oh, oh ! le chatouilleux poète et le discret amoureux ! continua Chvabrine qui m'exaspérait toujours davantage. Mais écoute un conseil d'ami : si tu veux arriver à tes fins, je te conseille de t'y prendre autrement que par des chansons.

– Qu'est-ce que cela veut dire, Monsieur ? Veuillez vous expliquer.

– Avec plaisir. Cela veut dire que si tu veux que Macha vienne chez toi, à la brune, fais-lui cadeau au lieu de tendres vers d'une paire de boucles d'oreilles.

Mon sang ne fit qu'un tour.

– Et pourquoi as-tu d'elle pareille opinion ? lui demandai-je, en retenant avec peine mon indignation.

– Parce que, répondit-il avec un infernal sourire, je connais par expérience son caractère et ses mœurs.

– Tu mens, canaille ! m'écriai-je dans un accès de rage.

Chvabrine changea de visage.

– Cela ne se passera pas impunément pour toi ! dit-il, en me serrant fortement le bras. Vous me rendrez raison.

– À ton aise ! quand tu voudras ! répondis-je joyeusement.

J'étais prêt à ce moment à le mettre en pièces.

Je me rendis aussitôt chez Ivan Ignatitch que je trouvai une aiguille à la main. La commandante lui avait donné mission d'enfiler des champignons à faire sécher pour l'hiver. « Ah, Pierre Andréitch, dit-il en me voyant, soyez le bienvenu ! À quel propos Dieu vous a-t-il amené ? pour quelle affaire, oserai-je demander ? » Je lui expliquai en quelques mots que je m'étais disputé avec Alexis Ivanytch et que je le priais, lui, d'être mon témoin. Ivan Ignatitch m'écouta avec attention, en écarquillant sur moi son œil unique.

– Vous avez bien voulu dire, répondit-il, que vous avez l'intention de pourfendre Alexis Ivanytch et que vous désirez me voir assister à cela comme témoin ? Est-ce bien cela, oserai-je demander ?

– Exactement.

– Y pensez-vous ! Pierre Andréitch, qu'allez-vous chercher là ? Vous vous êtes disputé avec Alexis Ivanytch ? Le grand malheur ! Une injure, ça ne se porte pas sur le visage. Il vous a insulté ? eh bien, engueulez-le ; il vous a cogné sur le museau ? eh bien, ripostez sur une oreille, sur l'autre, et encore, puis tirez chacun de votre côté. Quant à nous, nous vous réconcilierons. Mais pourfendre son prochain, est-ce bien ? oserai-je vous demander. Passe encore si c'était vous qui le pourfendiez. Tant pis pour lui ! Moi aussi je ne l'aime guère. Mais voyons, si c'est lui qui vous embroche ? De quoi cela aura-t-il l'air ? Qui sera le dindon de la farce, oserai-je vous demander ?

Les arguments du sage lieutenant ne m'ébranlèrent pas. Je restai sur ma décision.

– Comme il vous plaira, dit Ivan Ignatitch, faites comme vous l'entendez. Mais pourquoi donc devrai-je être témoin en cette affaire ? En quel honneur ? Des gens se battent, en voilà une rareté, oserai-je vous demander ? Dieu merci, j'ai fait la guerre contre le Suédois et contre le Turc : j'en ai assez vu de toutes les couleurs !

Je me mis à lui expliquer tant bien que mal le rôle d'un témoin : mais Ivan Ignatitch ne pouvait me comprendre.

– C'est comme vous voudrez, me dit-il, mais si je dois me mêler de cette affaire, ce sera seulement pour aller chez Ivan Kouzmitch et lui faire rapport, par devoir de service, que dans la forteresse se trame un crime contre les intérêts de l'État : ne plaira-t-il pas à Monsieur le Commandant de prendre les mesures qui s'imposent ?

J'eus peur et me mis à prier Ivan Ignatitch de ne rien dire au commandant ; c'est à grand-peine que j'arrivai à le persuader ; il me donna sa parole, et je me décidai à ne pas faire appel à lui.

Je passai la soirée, comme d'habitude, chez le commandant. Je m'efforçai de paraître joyeux et d'humeur égale pour n'éveiller aucun soupçon et éviter des questions fastidieuses. Mais, je l'avoue, je n'avais pas le sang-froid dont se vantent presque toujours ceux qui se sont trouvés dans ma situation. Ce soir-là j'étais enclin à la tendresse et à l'attendrissement. Maria Ivanovna me plaisait plus qu'à l'ordinaire. La pensée que, peut-être, je la voyais pour la dernière fois, lui donnait à mes yeux quelque chose de touchant. Chvabrine vint aussi chez le commandant. Je le pris à part et l'informai de ma conversation avec Ivan Ignatitch. « Pourquoi des témoins ? me dit-il sèchement, nous nous en passerons... » Nous convînmes de nous battre derrière les gerbières qui se trouvaient près du fort, et d'être au rendez-vous le lendemain vers sept heures. Nous causions d'une façon si amicale, en apparence, qu'Ivan Ignatitch, dans sa joie, bavarda trop : « Voilà ce que vous auriez dû faire depuis longtemps, me dit-il, d'un air satisfait : une mauvaise paix vaut mieux qu'une bonne querelle. Même si l'on perd l'honneur, on garde au moins la santé.

– Qu'y a-t-il ? qu'y a-t-il, Ivan Ignatitch ? dit la commandante, qui dans un coin tirait les cartes, je n'ai pas bien entendu. »

Ivan Ignatitch, voyant chez moi des signes de mécontentement et se souvenant de sa promesse, se troubla et ne sut que répondre. Chvabrine vint à propos à sa rescousse.

– Ivan Ignatitch, dit-il, approuve notre réconciliation.

– Mais avec qui donc, mon cher, t'es-tu disputé ?

– Pierre Andréitch et moi avons failli nous prendre d'une assez vive querelle.

– Pourquoi donc ?

– Pour une vraie bagatelle : pour une chanson, Vassilissa Iegorovna.

– En voilà un sujet de dispute ! une chanson !... Mais comment donc cela est-il arrivé ?

– Voici comment : Pierre Andréitch a composé dernièrement une chanson. Il s'est mis à la chanter devant moi, mais moi j'ai entonné ma chanson favorite :

Fille de capitaine,
Ne cours pas à minuit la prétentaine.

Il s'est ensuivi une dissonance. Pierre Andréitch allait se mettre en colère, mais il jugea que chacun était bien libre de chanter ce qui lui plaisait. L'affaire en est restée là.

C'est tout juste si l'effronterie de Chvabrine ne me mit pas en rage : mais personne, sauf moi, ne comprit ses grossières équivoques ; personne du moins n'y prêta attention. Des chansons la conversation tomba sur les versificateurs et le commandant fit remarquer que c'étaient tous des débauchés et de fieffés ivrognes. Il me conseilla en ami d'abandonner les vers, comme une chose contraire aux intérêts du service et ne menant à rien de bon.

La présence de Chvabrine m'était insupportable. Je pris rapidement congé du commandant et de sa famille. J'arrivai chez moi, j'examinai mon épée, en vérifiai la pointe et me couchai après avoir donné l'ordre à Savélitch de me réveiller après six heures.

Le lendemain, à l'heure fixée, j'étais déjà derrière les meules, attendant mon adversaire. Il parut bientôt. « On peut nous surprendre, me dit-il, il faut nous hâter. » Tuniques bas, en seuls vêtements de dessous, nous dégaînâmes. À cet instant, Ivan Ignatitch apparut brusquement avec cinq invalides. Il nous donna l'ordre de nous rendre chez le commandant. Nous obéîmes avec dépit. Les soldats nous entourèrent et nous partîmes derrière Ivan Ignatitch, qui nous conduisait solennellement, en marchant avec un air d'une étonnante gravité.

Nous entrâmes dans la maison du commandant. Ivan Ignatitch ouvrit la porte en annonçant triomphalement : « Les voilà ! » C'est Vassilissa Iegorovna qui nous reçut.

« Ah, mes petits Messieurs ! À quoi cela ressemble-t-il ? Comment ? quoi ? Dans notre fort perpétrer un meurtre ! Ivan Kouzmitch, mets-les sur l'heure aux arrêts. Pierre Andréitch ! Alexis Ivanytch ! donnez ici vos épées, donnez, donnez. Palachka, porte ces épées dans la resserre ! Pierre Andréitch ! Ce n'est pas ce que j'attendais de toi. Comment n'as-tu pas honte ? C'est bon pour Alexis Ivanytch : lui, il a été renvoyé de la garde pour assassinat, lui, il ne croit même pas en Dieu. Mais toi, comment, tu enfiles le même chemin ? »

Ivan Kouzmitch, parfaitement d'accord avec sa femme, ajouta : « Mais, sais-tu, Vassilissa Iegorovna dit la vérité. Le duel est formellement interdit dans le règlement. » Entretemps Palachka nous avait pris nos épées et les avait emportées dans la resserre. Je ne pouvais m'empêcher de rire. Chvabrine conserva sa gravité. « Malgré tout le respect que j'ai pour vous, dit-il à la commandante, je ne puis pas ne pas remarquer que vous voulez bien prendre une peine inutile en nous déférant à votre justice. Laissez cela à Ivan Kouzmitch : c'est son affaire... – Ah, ah ! mon petit Monsieur, répliqua la commandante, est-ce que par hasard mari et femme ne sont pas une même âme et une même chair ? Ivan Kouzmitch ! que tardes-tu ? Sur l'heure, colle-les chacun dans un coin au pain sec et à l'eau pour que leur sottise se passe. Et que le père Guérassime leur inflige une pénitence publique, pour qu'ils implorent le pardon de Dieu et fassent confession devant tous. »

Ivan Kouzmitch ne savait que décider. Maria Ivanovna était extraordinairement pâle. Peu à peu l'orage s'apaisa ; la commandante se calma et nous força à nous embrasser. Palachka nous rapporta nos épées. Nous sortîmes de chez le commandant, réconciliés en apparence. Ivan Ignatitch nous accompagna. « Comment n'avez-vous pas eu honte, lui dis-je en colère, de nous dénoncer au commandant, après m'avoir donné votre parole de ne pas le faire ? – Aussi vrai que Dieu est saint, ce n'est pas moi qui ai dit cela au commandant, répondit-il. C'est Vassilissa Iegorovna qui m'a tiré les vers du nez. C'est elle qui a tout arrangé, à l'insu du commandant. D'ailleurs, rendons grâce à Dieu que tout se soit ainsi terminé. » À ces mots il retourna chez lui, et Chvabrine et moi restâmes en tête à tête. « Notre affaire ne peut se terminer ainsi », lui dis-je.

– Certainement, répondit Chvabrine. Votre sang doit répondre de votre insolence. Mais on va nous surveiller de près, vraisemblablement. Il nous faudra dissimuler pendant quelques jours. Au revoir !

Et nous nous séparâmes comme si de rien n'était.

De retour chez le commandant, je m'assis, suivant mon habitude, auprès de Maria Ivanovna. Ivan Kouzmitch était absent. Vassilissa Iegorovna s'occupait de son ménage. Nous causions à mi-voix. Maria Ivanovna me reprochait avec tendresse l'inquiétude que leur avait causée à tous ma querelle avec Chvabrine.

– J'ai défailli, dit-elle, lorsqu'on nous apprit que vous aviez l'intention de vous battre à l'épée. Que les hommes sont étranges ! Pour un seul mot, qu'ils oublieront une semaine après, ils sont prêts à se couper la gorge et à sacrifier non seulement leur vie, mais encore leur conscience et le bonheur de ceux qui... Mais je suis convaincue que ce n'est pas vous qui avez commencé. Certainement c'est Alexis Ivanytch le coupable.

– Et pourquoi donc le pensez-vous, Maria Ivanovna ?

– Mais c'est que... il est si goguenard ! Moi je n'aime pas Alexis Ivanytch. Il me répugne et, chose étrange, pour rien au monde je n'aurais voulu lui déplaire autant. Cela m'aurait inquiétée terriblement.

– Et que croyez-vous, Maria Ivanovna ? Lui plaisez-vous ou non ?

Maria Ivanovna hésita et rougit.

– Il me semble, dit-elle, je pense que je lui plais.

– Pourquoi donc le pensez-vous ?

– Parce qu'il m'a demandée en mariage.

– En mariage ! Il vous a demandée en mariage ? Quand donc ?

– L'an dernier, deux mois environ avant votre arrivée.

– Et vous l'avez repoussé ?

– Comme vous voulez bien le voir. Alexis Ivanytch, assurément, est un homme intelligent, de bonne famille, et il a de la fortune. Mais en pensant que sous la couronne de mariée il faudrait que j'échange publiquement un baiser avec lui... à aucun prix ! pour rien au monde !

Les paroles de Maria Ivanovna m'ouvrirent les yeux et m'expliquèrent bien des choses. Je compris l'obstination de Chvabrine à la poursuivre de ses médisances. Sans doute avait-il remarqué notre inclination mutuelle et s'efforçait-il de nous détacher l'un de l'autre. Les propos qui avaient fait naître notre querelle me parurent encore plus vils, lorsque je vis en eux, au lieu d'une ironie grossière et inconvenante, une calomnie préméditée. Le désir de châtier cet insolent calomniateur devint encore plus violent en moi, et c'est avec impatience que j'attendis une occasion favorable.

Elle s'offrit bientôt. Le lendemain, j'étais assis à ma table, composant une élégie, et je rongeais le bout de ma plume dans l'attente d'une rime, lorsque Chvabrine frappa sous ma fenêtre. Je posai ma plume, pris mon épée et sortis le rejoindre. « Pourquoi remettre à plus tard ? dit Chvabrine. On ne nous surveille pas. Descendons à la rivière. Là-bas personne ne nous dérangera. » Nous partîmes sans mot dire. Au bas d'un sentier abrupt, nous nous arrêtâmes au bord même de la rivière et tirâmes nos épées. Chvabrine était plus expert aux armes que moi, mais j'étais plus fort et plus hardi, et M. Beaupré, ancien soldat, m'avait donné quelques leçons d'escrime dont j'avais tiré bon profit. Chvabrine ne s'attendait pas à trouver en moi un adversaire aussi dangereux. Longtemps nous ne pûmes nous faire l'un à l'autre aucun mal. À la fin, remarquant que Chvabrine faiblissait, je me mis à le charger avec vigueur et je le poussai presque dans la rivière même. Tout à coup je m'entendis appeler d'une voix retentissante. Je jetai un regard en arrière et je vis Savélitch qui dévalait vers moi par le sentier abrupt... Juste à ce moment je sentis un violent coup de pointe à la poitrine au-dessous de l'épaule droite, je tombai et perdis connaissance.

CHAPITRE V

L'AMOUR

> Ô toi, fille, fille jolie
> Ne prends pas, trop jeune, de mari.
> Demande conseil, fille, à ton père, à ta mère,
> À ta mère, à ton père, à toute ta famille ;
> Fais provision, la belle, d'esprit et de raison,
> De raison et d'esprit, et ce sera ta dot.
> Chanson populaire.

> Si tu trouves mieux que moi, tu m'oublieras.
> Mais si tu trouves pire, de moi te souviendras.
> *Id.*

Après avoir repris mes sens, je restai quelque temps sans pouvoir retrouver conscience et comprendre ce qui m'était arrivé. J'étais couché sur un lit dans une chambre inconnue, et j'éprouvais une grande faiblesse. Devant moi se tenait Savélitch, une bougie à la main. Quelqu'un défaisait avec précaution les pansements qui me bandaient la poitrine et l'épaule. Peu à peu mes pensées s'éclaircirent. Je me souvins de mon duel et je devinai que j'avais été blessé. À ce moment la porte grinça. « Eh bien, comment est-il ? » demanda en chuchotant une voix qui me fit frissonner. « Toujours dans le même état, répondit Savélitch avec un soupir. Il est toujours sans connaissance, voilà déjà cinq jours entiers. » Je voulais me retourner, mais je ne le pouvais pas. « Où suis-je ? qui est là ? » demandai-je à grand effort. Maria Ivanovna s'approcha de mon lit et se pencha vers moi : « Eh bien, comment vous sentez-vous ? » dit-elle. « Grâce à Dieu, répondis-je d'une voix faible, est-ce vous Maria Ivanovna ? Dites-moi... » Je n'eus pas la force de continuer et je me tus. Savélitch poussa un « Ah ! » La joie se peignit sur son visage. « Il a repris connaissance. Il a repris connaissance ! répétait-il. Grâces te soient rendues, Seigneur ! Ah, mon bon maître Pierre Andréitch ! Comme tu m'as fait peur ! Est-ce peu de chose ? Cinq jours !... » Maria Ivanovna l'interrompit. « Pas de longue conversation avec lui, Savélitch, lui dit-elle. Il est encore faible. » Elle sortit et ferma la porte tout doucement. Mes pensées étaient en émoi. Ainsi donc j'étais dans la maison du commandant : Maria Ivanovna venait me voir. Je voulais poser quelques questions à Savélitch, mais le vieux secoua la tête et se boucha les oreilles. Je fermai les yeux avec dépit et bientôt je sombrai dans le sommeil.

À mon réveil, j'appelai Savélitch et à sa place je vis devant moi Maria Ivanovna ; sa voix angélique me disait bonjour. Je ne peux exprimer le sentiment de douceur qui s'empara de moi à cette minute. Je saisis sa main et la pressai contre moi, en la baignant de larmes d'attendrissement. Macha ne la retira pas... et soudain ses lèvres effleurèrent ma joue et je sentis leur chaud et frais baiser. Du feu me parcourut le corps. « Chère et bonne Maria Ivanovna, lui dis-je, sois ma femme, consens à faire mon bonheur ! » Elle se ressaisit. « Au nom du Ciel, calmez-vous, dit-elle en retirant sa main. Vous êtes encore en danger : votre blessure peut se rouvrir. Soyez prudent au moins pour moi. » À ces mots elle sortit, me laissant dans l'ivresse du ravissement. Le bonheur me ressuscita. Elle sera mienne. Elle m'aime ! Cette pensée remplissait tout mon être.

Depuis ce moment je me rétablis d'heure en heure. J'étais soigné par le barbier du régiment, car il n'y avait pas d'autre médecin dans la forteresse, et grâce à Dieu il ne cherchait pas de complications. La jeunesse et la nature hâtèrent ma guérison. Toute la famille du commandant était aux petits soins pour moi. Maria Ivanovna ne me quittait pas. Naturellement, à la première occasion favorable, je repris ma déclaration interrompue et Maria Ivanovna m'écouta avec plus de patience. Sans aucune affectation elle m'avoua le penchant de son cœur pour moi et me dit que ses parents seraient, évidemment, heureux de son bonheur. « Mais réfléchis bien, ajouta-t-elle, n'y aura-t-il pas d'empêchement du côté de tes parents ? »

Je me mis à réfléchir. Je ne doutais pas de la tendresse de ma mère, mais, connaissant le caractère et la façon de penser de mon père, je sentais que mon amour ne le toucherait guère et qu'il le regarderait comme une folie de jeune homme. J'en fis l'aveu à Maria Ivanovna et je résolus, cependant, de lui écrire la lettre la plus éloquente possible, en demandant la bénédiction de mes parents. Je montrai cette lettre à Maria Ivanovna, qui la trouva si convaincante et si touchante, qu'elle ne douta pas de son succès et s'abandonna aux sentiments de son tendre cœur avec toute la confiance de la jeunesse et de l'amour.

Je me réconciliai avec Chvabrine dès les premiers jours de ma guérison. Ivan Kouzmitch, tout en me faisant des remontrances pour mon duel, me dit : « Eh, Pierre Andréitch ! Je devrais te mettre aux arrêts, mais tu as été vraiment assez puni sans cela. Quant à Alexis Ivanytch, lui, du moins, je le tiens enfermé dans le magasin à blé sous bonne garde, et son épée est sous clef chez Vassilissa Iegorovna. Qu'il prenne le temps de bien réfléchir, et de se repentir ! » J'étais trop heureux pour conserver au cœur un sentiment d'inimitié. J'intercédai pour lui, et le bon commandant, avec le consentement de sa femme, décida de le libérer. Chvabrine vint me voir. Il exprima son profond regret de ce qui était arrivé entre nous ; il reconnut qu'il était extrêmement coupable et me pria d'oublier le passé. N'étant pas rancunier de nature, je lui pardonnai sincèrement et notre querelle et la blessure que j'avais reçue de lui. Dans sa calomnie je voyais le dépit d'un amour-propre blessé et d'un amour éconduit, et j'excusais généreusement mon rival malheureux.

Bientôt je fus complètement remis et je pus regagner mon logement. C'est avec impatience que j'attendais la réponse à ma lettre, sans oser espérer, en m'efforçant d'étouffer mes tristes pressentiments. Je n'avais encore parlé de rien à Vassilissa Iegorovna et à son mari, mais ma demande ne devait pas les étonner. Ni moi, ni Maria Ivanovna ne cherchions à leur cacher nos sentiments et d'avance nous étions bien sûrs de leur consentement.

Enfin un matin Savélitch entra dans ma chambre, une lettre dans ses mains. Je la saisis en tremblant. L'adresse était de la main de mon père. Ce détail me préparait à quelque chose de grave, car d'ordinaire c'était ma mère qui m'écrivait, mon père ajoutant seulement quelques lignes à la fin de ses lettres. Je restai longtemps sans décacheter le pli, lisant et relisant la suscription solennelle : « À mon fils, Pierre Andréievitch Griniov, gouvernement d'Orenbourg, fort de Biélogorsk. » Je m'efforçais de deviner d'après l'écriture dans quelle disposition d'esprit la lettre avait été écrite. Je me décidai enfin à la décacheter, et dès les premières lignes, je vis que toute l'affaire était perdue. Voici le contenu de la lettre.

« Pierre, mon fils. Ta lettre, dans laquelle tu nous demandes notre bénédiction et notre consentement à ton mariage avec Maria Ivanovna, fille Mironova, nous l'avons reçue le 15 de ce mois, et non seulement je n'ai l'intention de te donner ni ma bénédiction ni mon consentement, mais encore je me prépare à venir te trouver, et, pour tes fredaines, à te donner comme à un gamin la leçon que tu mérites, malgré ton rang d'officier. Car tu as prouvé que tu n'es pas encore digne de porter l'épée, qui t'a été confiée pour la défense de la patrie, et non pour des duels avec des polissons de ton espèce. Sur-le-champ je vais écrire à André Karlovitch, en le priant de te transférer du fort de Biélogorsk en quelque poste plus lointain, où pourra se guérir ta lubie. Ta mère, en apprenant ton duel et ta blessure, est tombée malade de chagrin, et garde maintenant le lit. Que deviendras-tu ? Je prie Dieu que tu reviennes dans le droit chemin, quoique je n'ose pas espérer en sa grande miséricorde.

Ton père. A. G. »

La lecture de cette lettre souleva en moi des sentiments divers. Les cruelles expressions dont mon père n'avait pas été avare me blessèrent profondément. Le mépris avec lequel il avait parlé de Maria Ivanovna me paraissait aussi indécent qu'injuste. La pensée de mon transfert du fort de Biélogorsk m'épouvantait, mais ce qui me causait plus de peine que tout, c'était la nouvelle de la maladie de ma mère. J'étais irrité contre Savélitch, ne doutant pas que c'était lui qui avait informé mes parents de mon duel. Pendant que j'arpentais en long et en large mon étroite chambre, je m'arrêtai devant lui et lui dis en lui jetant un regard menaçant :

– Évidemment il ne te suffit pas que, grâce à toi, j'aie été blessé et que je sois resté un mois entier au bord de la tombe, tu veux encore causer la mort de ma mère.

Savélitch fut comme foudroyé.

– Mais de grâce, maître, dit-il en éclatant presque en sanglots, que daignes-tu dire ? Moi, la cause de ta blessure ! Dieu m'est témoin que j'accourais pour te protéger de ma poitrine contre l'épée d'Alexis Ivanytch. Ma vieillesse maudite m'en a empêché. Et qu'ai-je donc fait à ta mère ?

– Ce que tu as fait ? répondis-je. Qui t'a prié d'écrire des dénonciations contre moi ? Est-ce que par hasard tu as été mis auprès de moi pour m'espionner ?

– Moi, écrire des dénonciations contre toi ? répondit Savélitch en larmes. Seigneur, Dieu du ciel ! Tiens, daigne donc lire ce que m'écrit le maître : tu verras, comment je t'ai dénoncé.

Il tira alors une lettre de sa poche et me lut ce qui suit :

« Honte à toi, vieux chien, de ne pas m'avoir, au mépris de mes ordres sévères, fait rapport sur mon fils Pierre Andréievitch et d'avoir forcé des étrangers à m'informer de ses fredaines. Est-ce ainsi que tu remplis ton devoir et exécutes la volonté de ton maître ? Je t'enverrai garder les cochons, vieux chien, pour m'avoir caché la vérité et avoir été de mèche avec le jeune homme. Au reçu de la présente, je t'ordonne de me renseigner immédiatement sur l'état de sa santé, dont on m'écrit qu'elle s'est rétablie ; et à quel endroit a-t-il été blessé, et l'a-t-on bien soigné ? »

Il est évident que Savélitch avait raison et que je l'avais injustement offensé par mes reproches et mes soupçons. Je lui demandai pardon. Mais le vieillard était inconsolable.

« Voilà où j'en suis arrivé, répétait-il, voilà les grâces que mes services ont méritées de mes maîtres ! Je suis et un vieux chien, et un gardeur de porcs, et par-dessus le marché la cause de ta blessure. Non, mon bon Pierre Andréitch ! Ce n'est pas moi, mais le maudit Mossieu qui est le coupable de tout. C'est lui qui t'a appris à pousser des bottes avec des tournebroches, à taper des pieds, comme si des bottes et des trépignements pouvaient vous protéger d'un méchant garnement. On avait bien besoin d'engager ce Mossieu et de dépenser inutilement de l'argent ! »

Mais qui donc avait pris la peine de renseigner mon père sur ma conduite ? Le général ? Mais, semblait-il, il ne se souciait guère de moi, et Ivan Kouzmitch n'avait pas jugé nécessaire de lui faire rapport sur mon duel. Je me perdais en conjectures. Mes soupçons s'arrêtèrent sur Chvabrine. Lui seul pouvait tirer profit d'une dénonciation, dont la conséquence pouvait être mon éloignement du fort et ma rupture avec la famille du commandant. J'allai faire part de tout cela à Maria Ivanovna. Elle m'accueillit sur le perron. « Que vous est-il arrivé ? me dit-elle en me voyant. Comme vous êtes pâle ! – Tout est fini ! » répondis-je, et je lui donnai la lettre de mon père. Elle pâlit à son tour. Après l'avoir lue, elle me la rendit d'une main peu sûre et me dit d'une voix tremblante : « Ce n'était pas ma destinée évidemment ! Vos parents ne veulent pas m'admettre dans leur famille. Qu'en tout soit faite la volonté de Dieu ! Dieu sait mieux que nous ce qui nous est nécessaire. Il n'y a rien à faire, Pierre Andréitch ; vous au moins, soyez heureux !... – Cela ne peut être, m'écriai-je, en lui saisissant le bras. Tu m'aimes ; je suis prêt à tout. Allons, jetons-nous aux pieds de tes parents ; ce sont des gens simples et non des orgueilleux au cœur cruel... Ils nous donneront leur bénédiction, nous nous marierons, et puis, avec le temps, j'en suis sûr, nous fléchirons mon père ; ma mère sera pour nous ; il me pardonnera... – Non, Pierre Andréitch, répondit Macha. Je ne t'épouserai pas sans la bénédiction de tes parents. Sans elle tu n'auras pas de bonheur. Soumettons-nous à la volonté de Dieu. Si tu trouves celle qui t'est destinée, si tu en aimes une autre... que Dieu te protège, Pierre Andréitch ! Quant à moi, pour vous deux, je... » Elle se mit à pleurer et s'éloigna. J'aurais voulu la suivre dans sa chambre, mais je sentais que je n'étais pas en état de me dominer, et je retournai chez moi.

J'étais assis, plongé dans une profonde rêverie, lorsque Savélitch interrompit soudain mes réflexions : « Voilà, maître, me dit-il, en me tendant une feuille de papier toute griffonnée : regarde si je suis le dénonciateur de mon seigneur et si je m'efforce de brouiller le fils avec le père. » Je lui pris son papier des mains. C'était sa réponse à la lettre qu'il avait reçue. La voici, mot pour mot :

« Notre maître André Pétrovitch, notre gracieux père !

« J'ai reçu votre gracieuse épître, dans laquelle vous daignez vous emporter contre moi, votre esclave, disant que c'est pour moi une honte de ne pas exécuter les ordres seigneuriaux ; mais moi, je ne suis pas un vieux chien, mais votre serviteur fidèle, j'obéis aux ordres seigneuriaux et c'est avec zèle que je vous ai toujours servi, toute ma vie jusqu'aux cheveux blancs. Je ne vous ai certes rien écrit au sujet de la blessure de Pierre Andréitch, pour ne pas vous effrayer inutilement, et j'apprends que notre maîtresse, notre mère Avdotia Vassilievna, a dû justement s'aliter de frayeur et je prierai Dieu pour sa santé, et Pierre Andréitch a été blessé au-dessous de l'épaule droite, à la poitrine, juste sous l'os, à une profondeur d'un verchok et demi, et il est resté couché dans la maison du commandant, où nous l'avons apporté des bords de la rivière, et c'est le barbier d'ici, Stefan Paramonov, qui l'a soigné et maintenant Pierre Andréitch, grâce à Dieu, est bien portant, et je n'ai à écrire de lui que du bien. Ses chefs, je le sais, sont contents de lui ; et Vassilissa Egorovna le traite comme son propre fils. Et pour ce qui est de l'accident qui lui est arrivé, on ne peut le reprocher à ce vaillant garçon : il n'est si bon cheval qui ne bronche. Et vous daignez m'écrire que vous m'enverrez garder les porcs, et qu'en ceci aussi votre volonté seigneuriale soit faite. Sur ce je vous salue en esclave. Votre fidèle serf : Archippe Savélitch. »

Je ne pus pas ne pas sourire plusieurs fois, en lisant le grimoire du bon vieillard. Je n'étais pas en état de répondre à mon père, et la lettre de Savélitch me parut suffisante pour rassurer ma mère.

À partir de ce moment ma situation changea. Maria Ivanovna ne me parlait presque plus et s'efforçait par tous les moyens de m'éviter. La maison du commandant me devint odieuse. Peu à peu je pris l'habitude de rester seul chez moi. Vassilissa Iegorovna m'en faisait reproche au début, mais en voyant mon obstination, elle me laissa tranquille. Je ne voyais Ivan Kouzmitch que pour les besoins du service. Quant à Chvabrine, je le rencontrais rarement et avec déplaisir, d'autant plus que je remarquais en lui une hostilité secrète à mon égard, ce qui me confirmait dans mes soupçons. Ma vie devint insupportable. Je tombai dans une noire mélancolie, qu'entretenaient ma solitude et mon désœuvrement. Mon amour s'enflammait dans l'isolement, et d'heure en heure me devenait plus à charge. Je perdais le goût de la lecture et de la littérature. Mon courage tomba. Je craignais ou de devenir fou ou de me jeter dans la débauche. Des événements inattendus, qui eurent une influence capitale sur toute ma vie, donnèrent soudain à mon âme une violente et bienfaisante secousse.

CHAPITRE VI

LA RÉVOLTE DE POUGATCHOV

Et vous, jeunes gars, écoutez
Ce que nous, les anciens, allons vous raconter.
Chanson.

Avant de passer à la description des événements étranges dont je fus le témoin, je dois dire quelques mots de la situation dans laquelle se trouvait le gouvernement d'Orenbourg à la fin de 1773.

Ce vaste et riche gouvernement était habité par une quantité de peuplades à demi sauvages, qui avaient depuis peu de temps reconnu la souveraineté des Tsars russes. Leurs révoltes incessantes, leur manque d'accoutumance aux lois et à la vie civique, leur légèreté d'esprit et leur cruauté exigeaient de la part du gouvernement une surveillance constante, afin de les maintenir dans l'obéissance. Des forts avaient été établis aux endroits favorables, et avaient été peuplés, en grande partie, de cosaques, anciens possesseurs des rives du Yaïk. Mais les cosaques du Yaïk, dont la mission était d'assurer le calme et la sécurité de cette contrée, étaient devenus eux-mêmes, depuis quelque temps, pour le gouvernement, des sujets turbulents et dangereux. En 1772 une insurrection avait éclaté dans leur capitale. La cause en avait été les mesures rigoureuses prises par le général-major Traubenberg pour contraindre leurs troupes aux devoirs de l'obéissance. Il en était résulté le meurtre barbare de Traubenberg, un changement révolutionnaire dans la direction du pays et enfin une répression de l'émeute par la mitraille et de cruels châtiments.

Ces événements s'étaient passés quelque temps avant mon arrivée dans le fort de Biélogorsk. Tout était calme désormais, ou paraissait tel. Les autorités avaient cru trop à la légère au repentir imaginaire des rusés rebelles, qui nourrissaient en secret leur rancune et attendaient une occasion favorable pour susciter de nouveaux désordres.

Je reviens à mon récit.

Un soir (c'était au début d'octobre 1773), j'étais seul chez moi, écoutant le hurlement du vent d'automne et regardant à la fenêtre les nuages noirs qui couraient sur la lune. On vint me chercher de la part du commandant. Je partis aussitôt. Chez le commandant je trouvai Chvabrine, Ivan Ignatitch et le sous-officier cosaque. Il n'y avait dans la pièce ni Vassilissa Iegorovna, ni Maria Ivanovna. Le commandant me salua d'un air soucieux. Il ferma la porte, nous fit tous asseoir, excepté le sous-officier, debout près de la porte, tira de sa poche un papier et nous dit : « Messieurs les officiers ! une grave nouvelle ! Écoutez ce qu'écrit le général. » Il mit alors ses lunettes et nous lut ce qui suit :

« À Monsieur le Commandant de la forteresse de
Biélogorsk,
au capitaine Mironov.
Secret.

« Par la présente je vous informe qu'Émelian Pougatchov, un cosaque du Don, évadé de prison et schismatique, a eu l'impardonnable audace de s'attribuer le nom de feu l'empereur Pierre III, qu'il a réuni une bande de brigands, suscité des troubles dans les villages du Yaïk, pris déjà et détruit quelques forts, perpétrant partout pillages et meurtres. En conséquence, au reçu de la présente, vous avez à prendre immédiatement, Monsieur le Capitaine, les mesures qui s'imposent pour repousser ledit bandit et usurpateur, et si possible, l'exterminer complètement, s'il marche contre le fort confié à votre garde. »

– Prendre les mesures qui s'imposent ! dit le commandant, en ôtant ses lunettes et en repliant le papier. C'est facile à dire, sais-tu ! Ce brigand m'a l'air fort, et nous n'avons en tout que cent trente hommes, non compris les cosaques, qui sont peu sûrs, soit dit sans reproche à ton égard, Maximytch. (Le sous-officier sourit.) Cependant, il faut obéir, Messieurs les officiers ! Soyez vigilants, établissez des gardes et des rondes de nuit, en cas d'attaque, fermez les portes et rassemblez les soldats. Toi, Maximytch, veille solidement sur tes cosaques. Qu'on fasse l'inspection du canon, et qu'on le nettoie comme il faut ! Mais avant tout, gardez tout cela secret, pour que personne dans le fort n'en soit informé avant l'heure.

Après avoir distribué ces instructions, Ivan Kouzmitch nous congédia. Je sortis avec Chvabrine en discutant ce que nous avions appris.

– Comment penses-tu que cela finira ? lui demandai-je.

– Dieu seul le sait, répondit-il. Nous verrons. Jusqu'ici je ne vois encore rien de grave. Mais si...

Il devint rêveur et se mit distraitement à siffloter un air français.

En dépit de toutes nos précautions, la nouvelle de l'apparition de Pougatchov se répandit dans le fort. Ivan Kouzmitch, malgré tout le respect qu'il avait pour sa femme, ne lui aurait pour rien au monde découvert un secret, à lui confié, concernant le service. Au reçu de la lettre du général il avait assez adroitement éloigné Vassilissa Iegorovna, en lui disant que le père Guérassime aurait appris d'Orenbourg d'étonnantes nouvelles, qu'il gardait en grand secret. Vassilissa Iegorovna avait eu aussitôt le désir d'aller rendre visite à la femme du pope, et sur le conseil d'Ivan Kouzmitch avait pris avec elle Macha, pour que celle-ci ne s'ennuyât pas toute seule.

Ivan Kouzmitch, resté seul maître, nous avait aussitôt envoyé chercher, et avait enfermé Palachka dans la resserre, pour qu'elle ne pût pas surprendre nos paroles.

Vassilissa Iegorovna, de retour à la maison, sans avoir réussi à rien tirer de la femme du pope, apprit que pendant son absence, Ivan Kouzmitch avait tenu conseil, et que Palachka avait été mise sous clef. Elle devina que son mari l'avait trompée et elle l'assaillit de questions. Mais Ivan Kouzmitch s'était préparé à l'attaque. Il ne se troubla nullement et répondit sans faiblir à sa curieuse moitié. « Vois-tu, ma chère, nos bonnes femmes ont eu l'idée de chauffer leurs poêles avec de la paille ; or, comme il peut en résulter un malheur, je le leur ai rigoureusement interdit à l'avenir : on n'emploiera que du bois mort et du chablis.

– Mais pourquoi donc avais-tu besoin d'enfermer Palachka ? demanda la commandante. Pourquoi la pauvre fille est-elle restée longtemps dans la resserre jusqu'à notre retour ? »

Ivan Kouzmitch ne s'était pas préparé à une telle question. Il s'embrouilla et marmotta quelque chose de fort incohérent. Vassilissa Iegorovna vit l'astuce de son mari, mais sachant qu'elle ne tirerait rien de lui, elle cessa ses questions, et mit la conversation sur les concombres qu'Akoulina Pamphilovna préparait d'une manière tout à fait particulière. De toute la nuit Vassilissa Iegorovna ne put dormir ni deviner ce que son mari pouvait bien avoir en tête, qu'il lui serait interdit de savoir.

Le lendemain, au retour de la messe, elle vit Ivan Ignatitch extraire du canon chiffons, pierrailles, bouts de bois, osselets et ordures de toute espèce que les gamins y avaient fourrés. « Que peuvent bien signifier ces préparatifs guerriers ? pensa-t-elle. N'attend-on pas une attaque des Kirghizes ? Mais est-il possible qu'Ivan Kouzmitch se mette à me cacher de tels riens ? » Elle appela Ivan Ignatitch avec la ferme intention de lui soutirer le secret qui torturait sa curiosité féminine.

Vassilissa Iegorovna lui fit quelques remarques sur le ménage, à la manière d'un juge qui commence son interrogatoire par des questions accessoires pour endormir la circonspection de l'accusé. Puis, après un court silence, elle poussa un profond soupir et dit en hochant la tête : « Seigneur, mon Dieu ! En voilà des nouvelles ! Que va-t-il arriver ? »

– Allons, ma chère, répondit Ivan Ignatitch, Dieu est miséricordieux ! Nous avons assez de soldats, beaucoup de poudre, j'ai nettoyé le canon. Avec de la chance nous repousserons Pougatchov. Nous nous en tirerons avec l'aide de Dieu.

– Mais quel est donc ce Pougatchov ? demanda la commandante.

Ivan Ignatitch s'aperçut alors qu'il avait trop parlé et se mordit la langue. Mais il était trop tard. Vassilissa Iegorovna le força à tout avouer, en lui donnant sa parole de ne rien raconter à personne.

Vassilissa Iegorovna tint sa promesse et ne dit mot à quiconque, sauf à la femme du pope, et seulement parce que la vache de celle-ci allait encore paître dans la steppe et pouvait être volée par les brigands.

Bientôt tout le monde parla de Pougatchov. Les bruits étaient divers. Le commandant dépêcha le sous-officier cosaque avec mission de faire une reconnaissance précise à travers villages et forts voisins. Le sous-officier revint deux jours après et déclara que dans la steppe, à soixante verstes environ du fort, il avait vu quantité de feux et appris de Bachkirs qu'une force mystérieuse s'avançait. D'ailleurs il ne pouvait rien dire de positif, parce qu'il avait eu peur d'aller plus avant.

Dans le fort on commença à constater parmi les cosaques une agitation insolite. Dans toutes les rues ils se rassemblaient en tas, causaient entre eux à voix basse et se séparaient à la vue d'un dragon ou d'un soldat de la garnison. On envoya parmi eux des espions. Youlaï, un Kalmouk baptisé, fit au commandant un rapport de haute importance. Les déclarations du sous-officier cosaque, d'après les dires de Youlaï, étaient mensongères. À son retour, le perfide cosaque avait informé ses camarades qu'il avait été chez les rebelles, s'était présenté à leur chef lui-même qui lui avait permis de baiser sa main, et avait longtemps causé avec lui. Le commandant fit immédiatement arrêter le sous-officier, et nomma Youlaï à sa place. Cette nouvelle fut accueillie par les cosaques avec un mécontentement déclaré. Ils murmuraient très haut, et Ivan Ignatitch, qui avait exécuté l'ordre du commandant, leur avait entendu dire de ses propres oreilles : « Tu vas voir ça, tu auras ton compte, rat de garnison ! » Le commandant songeait à interroger son prisonnier le jour même ; mais le sous-officier cosaque avait faussé compagnie à ses gardiens, sans doute avec l'aide de ses complices.

Une nouvelle circonstance aggrava l'inquiétude du commandant. On avait arrêté un Bachkir porteur d'appels à la rébellion. À cette occasion le commandant songeait à réunir de nouveau ses officiers et voulait de nouveau éloigner Vassilissa Iegorovna sous un prétexte plausible. Mais comme Ivan Kouzmitch était le plus droit et le plus franc des hommes, il ne trouva pas d'autre moyen que celui qu'il avait déjà une fois employé.

– Sais-tu, Vassilissa Iegorovna, lui dit-il, en toussotant légèrement, le père Guérassime, dit-on, a reçu de la ville...

– Assez d'histoires, Ivan Kouzmitch ! s'écria la commandante en l'interrompant. Tu veux évidemment réunir le conseil et discuter sans moi d'Émelian Pougatchov ; mais tu ne saurais me la faire !

Ivan Kouzmitch écarquilla les yeux.

– Eh bien, ma chère, dit-il, si tu sais déjà tout, alors, soit, reste, nous discuterons même en ta présence.

– Parfait, mon bon, répondit-elle. Pas de finasseries. Envoie donc chercher les officiers.

Nous nous réunîmes une nouvelle fois. Ivan Kouzmitch, en présence de sa femme, nous lut une proclamation de Pougatchov, écrite par quelque cosaque à demi lettré.

Le bandit annonçait son intention de marcher sans tarder sur notre fort ; il invitait cosaques et soldats à entrer dans sa bande, quant aux chefs il les exhortait à ne pas opposer de résistance, sous peine de mort dans le cas contraire. La proclamation était écrite en termes grossiers mais énergiques, et devait produire une impression de menace sur des gens si simples.

– Quel coquin ! s'écria la commandante. Qu'a-t-il encore le front de nous proposer ! D'aller hors des murs le recevoir et de mettre à ses pieds nos drapeaux ! Ah, le fils de chien ! Mais peut-il ignorer que depuis quarante ans déjà nous sommes au service, et que, grâce à Dieu, nous en avons vu de belles ? S'est-il trouvé vraiment des commandants pour obéir à un bandit ?

– Il ne devrait pas y en avoir, semble-t-il, répondit Ivan Kouzmitch. Mais le bruit court que le bandit s'est déjà emparé de quelques forteresses.

– Évidemment, il est réellement fort, remarqua Chvabrine.

– Eh bien, nous allons tout de suite connaître sa vraie force, dit le commandant. Vassilissa Iegorovna, donne-moi la clef du magasin. Ivan Ignatitch, amène-nous le Bachkir, et ordonne à Youlaï d'apporter les étrivières.

– Arrête, Ivan Kouzmitch, dit la commandante en se levant. Laisse-moi emmener Macha hors de la maison, sinon elle entendra les cris et aura une peur atroce. Et moi aussi, à dire vrai, je n'aime pas beaucoup la question. Au revoir !

La torture autrefois était si enracinée dans les usages judiciaires, que le bienfaisant oukaze qui l'abolit resta longtemps sans aucun effet. On pensait que le propre aveu du criminel était nécessaire pour établir sa pleine culpabilité, conception non seulement sans fondement, mais encore absolument contraire à l'esprit d'une saine justice. Car si les dénégations de l'accusé ne sont pas acceptées comme preuve de son innocence, ses aveux doivent encore moins servir de preuve de sa culpabilité. Aujourd'hui même encore il m'arrive d'entendre de vieux juges se plaindre de l'abolition de cette coutume barbare. Mais à l'époque personne ne doutait de la nécessité de la torture, ni les juges, ni les accusés. Aussi l'ordre du commandant n'étonna et n'émut aucun d'entre nous. Ivan Ignatitch alla chercher le Bachkir enfermé dans le magasin dont la commandante avait la clef, et quelques minutes après amena le prisonnier dans l'antichambre. Le commandant donna l'ordre de le faire comparaître devant lui.

Le Bachkir enjamba avec peine le seuil (il était entravé d'un billot) et, ôtant son grand bonnet, s'arrêta à la porte.

Je le regardai et frémis. Jamais je n'oublierai cet homme. Il paraissait avoir soixante-dix ans passés. Il n'avait ni nez ni oreilles. Sa tête était rasée : en guise de barbe quelques poils blancs pointaient à son menton ; il était de petite taille, décharné et voûté. Mais ses yeux bridés brillaient encore comme du feu. « Hé ! Hé ! dit le commandant, en reconnaissant à ces terribles marques un des révoltés châtiés en 1741. Mais, vieux loup, on le voit, tu as déjà tâté de nos chausse-trapes. Tu n'en es certes pas à ta première révolte, puisque ta caboche a été aussi étroitement rabotée. Approche donc un peu plus ; dis, qui t'a envoyé secrètement ? »

Le vieux Bachkir se taisait et regardait le commandant avec un air de complète stupidité. « Pourquoi donc ne parles-tu pas ? continua Ivan Kouzmitch ; ou bien *belmes*, tu ne comprends pas un mot de russe ? Youlaï, demande-lui donc dans votre langue qui l'a envoyé secrètement dans notre fort ? »

Youlaï répéta en tatare la question d'Ivan Kouzmitch. Mais le Bachkir continuait à le regarder avec la même expression, sans répondre.

« Iakchi ! dit le commandant. Je te ferai parler. Garçons, enlevez-lui donc cette stupide souquenille à raies et rabotez-lui l'échine. Attention, Youlaï, et de la bonne manière ! »

Deux invalides se mirent à déshabiller le Bachkir. Le visage du malheureux révéla son trouble. Il regardait de tous côtés comme un petit animal sauvage, capturé par des enfants. Lorsqu'un des invalides, lui prenant les bras, les mit autour de son cou et souleva le vieillard sur ses épaules, puis lorsque Youlaï saisit son fouet et le brandit, le Bachkir gémit d'une voix faible, suppliante, et, hochant la tête, ouvrit une bouche dans laquelle, en place de langue, s'agitait un court tronçon.

Quand je songe que cela se passait de mon vivant et que maintenant j'ai vécu jusqu'au doux règne de l'empereur Alexandre, je ne peux que m'étonner des rapides progrès des Lumières et de la diffusion des préceptes d'humanité. Jeune homme ! si mes Mémoires tombent entre tes mains, souviens-toi que les meilleures et les plus solides transformations sont celles qui naissent de l'amélioration des mœurs, sans aucune convulsion violente.

Tous les assistants furent frappés. « Eh bien, dit le commandant, nous ne pourrons évidemment rien tirer de lui. Youlaï, ramène-le dans le magasin. Quant à nous, Messieurs, délibérons encore sur quelques points ! »

Nous nous mîmes à discuter de notre situation, lorsque soudain Vassilissa Iegorovna entra dans la pièce, tout essoufflée, avec un air extraordinairement alarmé.

– Que t'est-il arrivé ? demanda le commandant stupéfait.

– Malheur, mon ami ! répondit la commandante. Le fort de Nijneozero a été pris aujourd'hui, au matin. L'ouvrier du père Guérassime en arrive à l'instant. Il a vu comment on l'a pris. Le commandant et tous les officiers ont été pendus à tour de rôle. Tous les soldats ont été faits prisonniers. Les bandits vont être ici, c'est à craindre.

Cette nouvelle inattendue m'impressionna vivement. Le commandant du fort de Nijneozero, jeune homme doux et modeste, m'était connu. Il y avait à peu près deux mois qu'il était passé, venant d'Orenbourg, avec sa jeune femme, et était descendu chez Ivan Kouzmitch. Nijneozero se trouvait à vingt-cinq verstes environ de notre forteresse. D'heure en heure nous devions, nous aussi, nous attendre à l'attaque de Pougatchov.

J'eus la claire vision du sort de Macha et mon cœur défaillit.

– Écoutez, Ivan Kouzmitch ! dis-je au commandant, notre devoir est de défendre le fort jusqu'à notre dernier souffle. Cela ne fait pas question. Mais il faut songer à la sécurité des femmes. Envoyez-les à Orenbourg, si la route est encore libre, ou dans un fort éloigné, plus sûr, que les bandits ne puissent réussir à atteindre.

Ivan Kouzmitch se tourna vers sa femme et lui dit :

– Sais-tu, ma bonne, ne faudrait-il pas en effet vous envoyer un peu plus loin, jusqu'à ce que nous ayons réglé le compte des révoltés ?

– Absurde, en vérité ! répondit la commandante. Où y a-t-il un fort que n'atteindraient pas les balles ? En quoi Biélogorsk n'est-il pas sûr ? Grâce à Dieu, voilà la vingt-deuxième année que nous y vivons. Nous avons vu et les Bachkirs et les Kirghizes. Nous aurons peut-être la chance de tenir aussi contre Pougatchov.

– Eh bien, ma bonne, répliqua Ivan Kouzmitch, reste, je veux bien, si tu as confiance en notre fort. Mais que faire de Macha ? Parfait, si nous tenons, et si un secours arrive ; mais si les bandits prennent le fort ?

– Eh bien, alors...

Vassilissa Iegorovna s'embarrassa et se tut, extraordinairement troublée.

– Non, Vassilissa Iegorovna, continua le commandant, en remarquant que ses paroles avaient porté, peut-être pour la première fois de sa vie. Il n'est pas bon que Macha reste ici. Envoyons-la à Orenbourg chez sa marraine : il y a là-bas canons et troupes en suffisance, et la muraille est de pierre. Et à toi aussi je te conseillerais d'y partir avec elle ; quoique tu sois une vieille, songe à ce qui t'arriverait si la forteresse était prise d'assaut.

– Bien, dit la commandante. D'accord, envoyons Macha. Quant à moi, ne rêve même pas de me le demander. Je ne partirai pas. Pour rien au monde, en mes vieux jours, je ne me séparerai de toi et n'irai chercher une tombe solitaire dans une terre étrangère. Ensemble on a vécu, ensemble on mourra.

– Voilà qui est parler ! dit le commandant. Eh bien, il n'y a pas à tarder. Va préparer Macha au départ. Demain avant l'aube nous la mettrons en route et nous lui donnerons même une escorte, quoique nous n'ayons pas d'hommes de trop. Mais où donc est Macha ?

– Chez Akoulina Pamphilovna, répondit la commandante. Elle s'est sentie mal, en apprenant la prise de Nijneozero. Je crains qu'elle ne soit malade. Seigneur Dieu, en arriver là, à notre âge !

Vassilissa Iegorovna partit s'occuper du départ de sa fille. La conversation continua chez le commandant ; mais je ne m'y mêlai plus et je n'entendais rien. Maria Ivanovna apparut au souper, pâle et éplorée. Nous soupâmes en silence et nous nous levâmes de table plus rapidement qu'à l'ordinaire. Après avoir pris congé de toute la famille, nous rentrâmes chacun chez nous. Mais moi j'avais à dessein oublié mon épée et je revins la chercher. Je pressentais que je trouverais Maria Ivanovna seule. En effet, elle m'accueillit à la porte et me remit mon épée. « Adieu, Pierre Andréitch ! me dit-elle tout en larmes. On m'envoie à Orenbourg. Soyez sain et sauf et heureux ! peut-être Dieu nous donnera-t-il de nous revoir ; sinon... » Et elle éclata en sanglots. Je la serrai dans mes bras.

« Adieu, mon ange ! m'écriai-je. Adieu, ma chérie, ma bien-aimée ! Quoi qu'il advienne de moi, sois sûre que ma dernière pensée, ma dernière prière sera pour toi ! » Macha sanglotait, serrée contre ma poitrine. Je l'embrassai passionnément et je sortis en toute hâte.

CHAPITRE VII

L'ASSAUT

> Ô ma tête, pauvre tête
> Tête qui a tant servi !
> Tant servi, pauvre tête !
> Juste trente et trois ans !
> Gagné n'as, pauvre tête
> Ni profit, ni joie
> Ni bonne parole.
> Ni grade élevé !
> Seulement as gagné, pauvre tête
> Deux poteaux dressés
> Et traverse de hêtre
> Et nœud coulant de soie.
> Chanson populaire.

Cette nuit-là je ne dormis pas et ne me déshabillai pas. J'avais l'intention, à l'aurore, d'aller à la porte du fort, par où devait sortir Maria Ivanovna, et de lui dire là mon dernier adieu. J'éprouvais en moi un grand changement : l'agitation de mon âme était beaucoup moins pénible que cet abattement dans lequel j'étais récemment encore plongé. Au chagrin de la séparation se mêlaient en moi d'obscurs mais doux espoirs, l'attente impatiente des dangers et les sentiments d'une noble ambition. La nuit passa sans que je m'en aperçoive. J'allais sortir de chez moi, lorsque la porte s'ouvrit. Un caporal se présenta, m'annonçant que pendant la nuit nos cosaques avaient quitté le fort, emmenant de force avec eux Youlaï, et qu'autour du fort des cavaliers inconnus faisaient des reconnaissances. La pensée que Maria Ivanovna ne réussirait pas à partir m'épouvanta. Je donnai en hâte quelques instructions au caporal et me précipitai aussitôt chez le commandant.

C'était déjà l'aurore. Je volais le long de la rue, lorsque je m'entendis appeler. Je m'arrêtai.

– Où allez-vous ? dit Ivan Ignatitch, en me rejoignant. Ivan Kouzmitch est sur le rempart et m'a envoyé vous chercher. Pougatchov est là.

– Maria Ivanovna est-elle partie ? demandai-je, le cœur tremblant.

– Elle n'en a pas eu le temps, répondit Ivan Ignatitch. La route d'Orenbourg est coupée. Le fort est cerné. Mauvais, Pierre Andréitch !

Nous partîmes sur le rempart, élévation de terrain naturelle, renforcée par une palissade. Tous les habitants s'y pressaient déjà. La garnison était sous les armes. Le canon y avait été traîné la veille. Le commandant marchait de long en large devant les rangs de sa petite troupe. L'approche du danger animait le vieux soldat d'une ardeur inaccoutumée. Sur la steppe, à très courte distance de la forteresse, galopaient une vingtaine de cavaliers. C'étaient, semblait-il, des cosaques, mais parmi eux se trouvaient aussi des Bachkirs, qu'il était facile de reconnaître à leurs bonnets en peau de lynx et à leurs carquois. Le commandant fit le tour de sa troupe, en disant aux soldats : « Allons, mes enfants, tenons bon aujourd'hui pour notre bonne mère l'Impératrice et montrons au monde entier que nous sommes des braves, fidèles à leur serment ! » Les soldats d'une voix forte affirmèrent leur zèle. Chvabrine se tenait près de moi et regardait attentivement l'ennemi. Les cavaliers, qui couraient sur la steppe, remarquant un mouvement dans le fort, se réunirent en tas et se mirent à discuter entre eux. Le commandant donna l'ordre à Ivan Ignatitch de pointer le canon sur leur troupe et lui-même y mit la mèche. Le boulet ronfla et vola par-dessus leurs têtes, sans faire aucun mal. Les cavaliers, se dispersant, disparurent au galop, et la steppe devint déserte.

À ce moment arriva sur le rempart Vassilissa Iegorovna, accompagnée de Macha qui n'avait pas voulu la quitter.

– Eh bien, que se passe-t-il ? dit la commandante. Comment va la bataille ? Où est donc l'ennemi ?

– L'ennemi est tout proche, répondit Ivan Kouzmitch. Si Dieu le veut, tout ira bien. Eh bien, Macha, as-tu peur ?

– Non, papa, répondit Maria Ivanovna, j'ai plus peur à la maison toute seule.

Elle m'adressa alors un regard et sourit avec effort. Involontairement je serrai la poignée de mon épée, en me souvenant que la veille je l'avais reçue de ses mains comme pour défendre ma bien-aimée. Mon cœur brûlait. Je me figurais être son chevalier servant. J'avais soif de prouver que j'étais digne de sa confiance et avec impatience je me mis à attendre la minute décisive.

À ce moment, de derrière une hauteur située à une demi-verste du fort, se montrèrent de nouvelles troupes de cavaliers, et bientôt la steppe fut couverte d'une foule de gens, armés de lances, d'arcs et de flèches. Parmi eux, sur un cheval blanc, s'avançait un homme en caftan rouge, son sabre dégainé à la main : c'était Pougatchov en personne. Il s'arrêta, on l'entoura et sur son ordre, visiblement, quatre hommes se détachèrent et coururent à toute bride jusqu'au pied du fort. Nous reconnûmes en eux nos traîtres. L'un d'eux élevait au-dessus de son bonnet une feuille de papier, un autre portait fichée au bout de sa pique la tête de Youlaï qu'il brandit et nous lança par-dessus la palissade. La tête du pauvre Kalmouk tomba aux pieds du commandant. Les traîtres criaient :

– Ne tirez pas ! Sortez, venez à votre Souverain. Le Souverain est ici !...

– Je vais vous faire voir ! s'écria Ivan Kouzmitch. Feu, les gars !

Nos soldats tirèrent une salve. Le cosaque qui tenait le papier vacilla et vida les étriers ; les autres tournèrent bride au galop. Je regardai Maria Ivanovna. Épouvantée à la vue de la tête ensanglantée de Youlaï, assourdie par la salve, elle paraissait être sans connaissance. Le commandant appela à lui le caporal et lui donna l'ordre d'aller prendre la feuille de papier des mains du cosaque tué. Le caporal sortit dans la steppe et revint, conduisant par la bride le cheval du mort. Il remit le grimoire au commandant. Ivan Kouzmitch le lut pour lui seul, puis le déchira en morceaux. Entre-temps, les rebelles, on le voyait, se préparaient à l'action. Bientôt les balles commencèrent à siffler à nos oreilles et quelques flèches se fichèrent autour de nous dans la terre ou dans la palissade. « Vassilissa Iegorovna, dit le commandant, les femmes n'ont rien à faire ici. Emmène Macha, vois, la petite est plus morte que vive. »

Vassilissa Iegorovna, qui filait doux sous les balles, regarda la steppe sur laquelle on remarquait un grand mouvement, puis elle se tourna vers son mari et lui dit : « Ivan Kouzmitch, Dieu dispose de la vie et de la mort ; donne ta bénédiction à Macha. Macha, approche de ton père ! »

Macha, pâle et tremblante, s'approcha d'Ivan Kouzmitch et s'inclina devant lui jusqu'à terre. Le vieux commandant, par trois fois, la bénit d'un signe de croix, puis la releva, l'embrassa et lui dit d'une voix altérée :

– Allons, Macha, sois heureuse ! Prie Dieu. Si tu rencontres un honnête garçon, que Dieu vous donne amour et bonne entente. Vivez comme nous avons vécu, Vassilissa Iegorovna et moi. Allons, adieu, Macha. Vassilissa Iegorovna, emmène-la au plus vite.

Macha se jeta à son cou et éclata en sanglots.

– Embrassons-nous, nous aussi, dit en pleurant la commandante. Adieu, mon Ivan Kouzmitch. Pardonne-moi si je t'ai fait quelque peine.

– Adieu, adieu, ma chère ! dit le commandant, en étreignant sa vieille compagne. Allons, suffit ! Allez vite, allez à la maison ; et si tu en as le temps, mets à Macha un sarafane.

La commandante s'éloigna avec sa fille. Je suivis du regard Maria Ivanovna ; elle se retourna et me fit un signe de tête. Ivan Kouzmitch revint alors vers nous, et toute son attention se fixa sur l'ennemi. Les rebelles se réunirent autour de leur chef et soudain commencèrent à mettre pied à terre. « Maintenant, tenez ferme ! dit le commandant. L'assaut va avoir lieu... » À cette minute éclatèrent des glapissements et des cris affreux ; les rebelles couraient de tout leur élan vers le fort. Notre canon était chargé à mitraille. Le commandant laissa approcher les assaillants à la plus courte distance et soudain lâcha un nouveau coup. La mitraille porta juste au milieu de la foule. Les rebelles s'écartèrent des deux côtés et reculèrent. Leur chef resta seul en avant. Il brandissait son sabre et, semblait-il, les exhortait avec passion. Les cris et les glapissements, qui s'étaient tus un moment, reprirent aussitôt. « Allons, les gars, dit le commandant, maintenant ouvrez les portes et battez la charge ! En avant, les gars ! pour la sortie, suivez-moi ! »

Le commandant, Ivan Ignatitch et moi nous trouvâmes en un clin d'œil au-delà du rempart ; mais la garnison effrayée ne bougea pas. « Pourquoi donc, les enfants, restez-vous là plantés ? cria le commandant. S'il faut mourir, mourons, c'est notre devoir de soldats ! » À cette minute les rebelles se précipitèrent sur nous et firent irruption dans le fort. Le tambour se tut, la garnison jeta ses armes ; je fus presque renversé, mais je me redressai et entrai dans le fort avec les rebelles. Le commandant, blessé à la tête, était debout au milieu d'un tas de brigands, qui lui réclamaient les clefs. J'allais me précipiter à son secours, mais quelques cosaques vigoureux m'empoignèrent et me lièrent avec leurs ceinturons, en ajoutant : « Vous allez avoir votre compte, rebelles à votre Souverain ! » On nous traîna par les rues. Les habitants sortaient des maisons avec le pain et le sel. Les cloches sonnaient à toute volée. Soudain on cria dans la foule que le Souverain attendait les prisonniers sur la place et recevait le serment de fidélité. La foule accourut sur la place ; on nous y poussa aussi.

Pougatchov était assis dans un fauteuil sur le perron de la maison du commandant. Il portait un caftan rouge à la cosaque, bordé de galons. Un haut bonnet de zibeline à glands d'or était enfoncé jusqu'à ses yeux étincelants. Son visage me sembla connu. Les chefs cosaques l'entouraient. Le père Guérassime, pâle et tremblant, se tenait près du perron, le crucifix dans ses mains, et semblait implorer silencieusement la pitié de Pougatchov pour les prochaines victimes. Sur la place on dressait en hâte une potence. Lorsque nous approchâmes, les Bachkirs chassèrent la foule et on nous traduisit devant Pougatchov. Les cloches se turent. Il se fit un silence profond... « Qui est le commandant ? » demanda l'usurpateur. Notre sous-officier cosaque sortit de la foule et désigna Ivan Kouzmitch : « Comment as-tu eu l'audace de t'opposer à moi, à ton Souverain ? » Le commandant, épuisé par sa blessure, rassembla ses dernières forces et répondit d'une voix ferme : « Tu n'es pas mon Souverain ! Tu es un voleur et un usurpateur, entends-tu ? » Pougatchov fronça les sourcils d'un air sombre et fit un signe de son mouchoir blanc. Quelques cosaques saisirent le vieux capitaine et le traînèrent à la potence. À cheval sur la traverse de celle-ci se trouvait le Bachkir mutilé que nous avions tenté d'interroger la veille. Il tenait la corde dans sa main, et une minute après je vis le pauvre Ivan Kouzmitch hissé en l'air. Alors on amena à Pougatchov Ivan Ignatitch. « Prête serment, lui dit Pougatchov, à ton Souverain Pierre Theodorovitch ! – Tu n'es pas notre Souverain, répondit Ivan Ignatitch, répétant les paroles de son capitaine. Toi, mon bonhomme, tu es un voleur et un usurpateur ! » Pougatchov fit de nouveau un signe de son mouchoir blanc, et le bon lieutenant fut pendu auprès de son vieux chef.

C'était à mon tour. Je regardais hardiment Pougatchov, me préparant à répéter la réponse de mes nobles camarades. À cet instant, à mon indescriptible étonnement, j'aperçus parmi les chefs rebelles Chvabrine, les cheveux taillés au bol et en caftan cosaque. Il s'approcha de Pougatchov et lui dit à l'oreille quelques mots. « Qu'on le pende ! » dit Pougatchov, sans même me regarder. On me passa au cou un nœud coulant. Je me mis à réciter intérieurement ma prière, offrant à Dieu un repentir sincère pour tous mes péchés et l'implorant pour le salut de tous ceux qui étaient proches de mon cœur. On me traîna sous la potence. « N'aie pas peur, n'aie pas peur », me répétaient les bourreaux, peut-être désirant vraiment me donner du courage. Soudain j'entendis un cri : « Arrêtez, maudits ! attendez... » Les bourreaux s'arrêtèrent. Je regarde : Savélitch est prosterné aux pieds de Pougatchov. « Mon père, disait mon pauvre diadka, que te rapportera la mort de l'enfant de mon maître ? Relâche-le, on te donnera une rançon pour lui, et pour l'exemple, pour faire peur aux autres, ordonne qu'on me pende moi, le vieux ! » Pougatchov fit un signe. On me délia aussitôt et on me laissa.

« Notre père te fait grâce », me dit-on. À cette minute je ne puis dire que je me réjouis de ma délivrance, mais je ne dirai pas, cependant, que je la regrettai. Mes sentiments étaient trop confus. On me conduisit de nouveau vers l'imposteur, et on me fit mettre à genoux devant lui. Pougatchov me tendit sa main aux veines saillantes. « Baise la main ! baise la main ! » disait-on autour de moi. Mais j'aurais préféré le plus terrible supplice à une aussi vile humiliation. « Mon bon maître, Pierre Andréitch, me chuchotait Savélitch, debout derrière moi et me poussant, ne t'obstine pas. Qu'est-ce que cela te coûte ? Crache et baise la main du scél... (pff !), baise-lui la main. » Je ne faisais pas un mouvement. Pougatchov laissa retomber sa main, en disant avec un sourire moqueur : « Sa Noblesse, évidemment, a été hébétée par la joie. Relevez-le ! » On me releva et on me laissa en liberté. Je me mis à regarder la suite de cette horrible comédie.

Les habitants commencèrent à prêter serment. Ils s'approchaient l'un après l'autre, baisant le crucifix, puis s'inclinant devant l'usurpateur. Les soldats de la garnison étaient là aussi. Le tailleur de la compagnie, armé de ses ciseaux émoussés, coupait leurs tresses. En se secouant ils s'approchaient pour baiser la main de Pougatchov, qui leur accordait son pardon et les recevait dans sa bande. Tout cela dura près de trois heures. Enfin Pougatchov se leva de son fauteuil et descendit du perron escorté de ses chefs cosaques. On lui amena un cheval blanc, paré d'un riche harnachement. Deux cosaques le prirent sous les bras et le mirent en selle. Il déclara au père Guérassime qu'il dînerait chez lui. À ce moment retentit un cri de femme. Quelques brigands traînèrent sur le perron Vassilissa Iegorovna, échevelée et entièrement dévêtue.

L'un d'eux avait déjà réussi à se parer de son mantelet. D'autres traînaient des coussins de plumes, des coffres, le service à thé, le linge et toutes les hardes. « Mes bons amis, criait la pauvre vieille, laissez-moi le temps de me confesser ! Mes bons seigneurs, conduisez-moi auprès d'Ivan Kouzmitch ! » Soudain elle leva les yeux sur la potence et reconnut son mari. « Scélérats ! cria-t-elle dans un accès de rage. Qu'avez-vous fait de lui ? Ô toi, lumière de mes yeux, Ivan Kouzmitch, tête chère de valeureux soldat ! Tu n'avais été touché ni par les baïonnettes prussiennes, ni par les balles turques. Ce n'est pas au champ d'honneur que tu es tombé, mais tu as péri des mains d'un forçat évadé ! » – « Qu'on fasse taire la vieille sorcière ! » dit Pougatchov. Un jeune cosaque lui assena alors un coup de sabre sur la tête, et elle tomba morte sur les marches du perron. Pougatchov partit. Le peuple se précipita à sa suite.

CHAPITRE VIII

L'HÔTE QUI N'EST PAS INVITÉ

L'hôte non invité est pire qu'un Tatare.
Proverbe.

La place était déserte. Je restais toujours au même endroit et je ne pouvais mettre de l'ordre dans mes pensées bouleversées par des émotions si effroyables.

L'incertitude où j'étais sur le sort de Maria Ivanovna me tourmentait plus que tout. Où était-elle ? Que lui était-il arrivé ? Avait-elle réussi à se cacher ? Son refuge était-il sûr ?... Plein d'alarmes, j'entrai dans la maison du commandant. Tout était vide. Chaises, tables, coffres avaient été brisés, la vaisselle cassée, tout dévasté. Je gravis en courant le petit escalier qui menait à l'appartement du haut, et pour la première fois de ma vie j'entrai dans la chambre de Maria Ivanovna. Je vis son lit, bouleversé par les brigands ; l'armoire avait été mise en pièces et pillée ; la petite lampe brûlait encore faiblement devant la vitrine aux icônes. Le petit miroir était intact, qui pendait à un trumeau. Où était donc celle qui habitait cette pacifique cellule de jeune fille ? Une affreuse pensée me traversa l'esprit ; je l'imaginai dans les bras des brigands... Mon cœur se serra. Je versai des larmes amères et prononçai tout haut le nom de ma bien-aimée. À ce moment j'entendis un léger bruit, et, sortant de derrière l'armoire, apparut Palachka, pâle et tremblante.

– Ah, Pierre Andréitch ! dit-elle en joignant les mains. Quelle journée ! Quelles horreurs !

– Et Maria Ivanovna ? demandai-je avec impatience. Que devient Maria Ivanovna ?

– Mademoiselle est vivante, répondit Palachka ; elle est cachée chez Akoulina Pamphilovna.

– Chez la femme du pope ! m'écriai-je avec effroi. Mon Dieu, mais Pougatchov y est !

Je me précipitai hors de la chambre, en un clin d'œil je me trouvai dans la rue, et courus à toutes jambes chez le pope, sans rien voir ni sentir. La maison retentissait de cris, de gros rires et de chansons. Pougatchov festoyait avec ses camarades. Palachka était accourue à ma suite. Je l'envoyai appeler en cachette Akoulina Pamphilovna. Une minute après, la femme du pope vint me trouver dans le vestibule, une bouteille vide dans les mains.

– Au nom de Dieu ! Où est Maria Ivanovna ? lui demandai-je avec un trouble inexprimable.

– Elle est couchée, la chère enfant, dans mon lit, là, derrière la cloison, répondit la femme du pope. Un malheur a bien failli nous tomber dessus, Pierre Andréitch, mais, grâce à Dieu, tout s'est heureusement passé. À peine le bandit s'était-il installé pour dîner, que soudain la pauvrette revient à elle et se met à gémir. Je fus glacée d'épouvante. Il entendit : « Mais qui donc est chez toi, la vieille ? » Je m'inclinai jusqu'à la ceinture devant le voleur : « C'est ma nièce, seigneur, elle est tombée malade et voilà déjà la seconde semaine qu'elle est couchée. – Est-elle jeune, ta nièce ? – Oui, seigneur. – Eh bien, vieille, montre-la-moi, ta nièce. » Mon cœur se serra, se serra. Mais il n'y avait rien à faire. « Je t'en prie, seigneur, seulement la petite ne peut se lever et venir au-devant de ta grâce. – Ça ne fait rien, vieille, j'irai la voir moi-même. » Et il alla, le maudit, derrière la cloison. Que penses-tu qu'il fit ? Il tira le rideau, jeta un regard de ses yeux de vautour et puis... rien. Dieu l'a éloigné ! Mais, crois-le bien, le père et moi nous étions déjà tout prêts à la mort des martyrs. Par bonheur cette chérie ne l'a pas reconnu. Seigneur Dieu, nous en avons vu de belles ! Il n'y a pas à dire. Le pauvre Ivan Kouzmitch ! Qui aurait pu penser ? Et Vassilissa Iegorovna ? Et Ivan Ignatitch ? Lui, pourquoi l'a-t-on tué ? Pourquoi vous a-t-on épargné ? Et qu'est-ce que c'est que ce Chvabrine, Alexis Ivanytch ? Voilà qu'il s'est fait couper les cheveux au bol et qu'il est maintenant chez nous à faire bombance avec eux ! C'est un malin, il n'y a pas à dire. Et quand j'ai parlé de ma nièce malade, le croirais-tu, son regard m'a transpercée comme d'un coup de couteau ; il ne m'a pas trahie cependant : merci à lui, au moins pour cela !

À ce moment retentirent les cris avinés des convives et la voix du père Guérassime. Les convives réclamaient du vin et le pope appelait sa compagne. Celle-ci s'empressa.

« Rentrez chez vous, Pierre Andréitch, dit-elle ; maintenant, je ne puis m'occuper de vous ; les brigands sont en train de se soûler. Malheur, si vous tombiez sous la main de ces ivrognes. Adieu, Pierre Andréitch. Arrive que pourra ; espérons que Dieu ne nous abandonnera pas ! »

Elle sortit. Un peu tranquillisé, je rentrai dans mon logement. En traversant la place, je vis quelques Bachkirs qui se pressaient autour de la potence et tiraient les bottes des pendus. C'est avec peine que je contins un accès d'indignation, en sentant l'inutilité d'une intervention. Les brigands couraient de tous côtés à travers le fort, pillant les maisons des officiers. Partout éclataient les cris des rebelles en ribote. J'arrivai chez moi. Savélitch m'accueillit sur le seuil.

– Dieu soit loué ! s'écria-t-il en me voyant. J'étais près de penser que les scélérats t'avaient encore empoigné. Ah, mon bon maître Pierre Andréitch ! crois-tu, ils ont tout pillé chez nous, les bandits : vêtements, linge, affaires, vaisselle. Ils n'ont rien laissé. Mais que faire ? Dieu soit loué qu'ils t'aient relâché vivant. Mais as-tu reconnu le chef de la bande ?

– Non ; qui est-ce donc ?

– Comment, mon bon maître ? As-tu pu oublier cet ivrogne qui t'a extorqué ton touloupe à l'auberge ? Ton bon touloupe de lièvre, tout neuf. Et lui, l'animal, il l'a tout craqué, en l'enfilant !

Je fus stupéfait. En effet, la ressemblance de Pougatchov avec mon guide était frappante. Je compris que Pougatchov et lui étaient le même individu, et je compris alors la raison de la grâce qu'il m'avait accordée. Je ne pouvais pas ne pas m'étonner de cet étrange enchaînement de circonstances : un touloupe d'enfant, donné à un vagabond, me sauvait de la corde, et le pochard courant les auberges assiégeait les forts et faisait vaciller l'empire.

– Ne voudrais-tu pas manger un peu ? demanda Savélitch, dont rien ne pouvait changer les habitudes. Il n'y a rien à la maison. Mais je vais aller fureter, et je te préparerai quelque chose.

Demeuré seul, je me plongeai dans mes réflexions. Que devais-je faire ? Rester dans le fort au pouvoir du bandit, ou suivre sa bande, était indigne d'un officier. Le devoir exigeait que je sois là où mes services pouvaient être encore utiles à la patrie dans les difficiles circonstances présentes... Mais l'amour me conseillait fortement de rester auprès de Maria Ivanovna, d'être son défenseur et son protecteur. Tout en prévoyant un rapide et certain changement des conjonctures, je ne pouvais pas cependant ne pas trembler, à la pensée du danger de sa situation.

Mes réflexions furent interrompues par l'arrivée de l'un des cosaques, accourant m'annoncer que « le grand Tsar me réclamait auprès de lui ».

– Où donc est-il ? demandai-je, me préparant à obéir.

– Dans la maison du commandant, répondit le cosaque. Après le dîner notre maître est allé au bain et maintenant il se repose. Tout montre bien, Votre Noblesse, que c'est un personnage de marque : à dîner, il a daigné manger deux porcelets rôtis ; à l'étuve, il supporte un tel degré de chaleur que Taras Kourotchkine n'a pu y tenir, a passé le houssoir à Tomka Bikbaiev, et est difficilement revenu à lui grâce à une douche froide. Il n'y a pas à dire : toutes ses manières sont si imposantes... Et au bain, dit-on, il a montré les signes de sa dignité impériale sur ses tétons : sur l'un, l'aigle à deux têtes, de la grandeur d'une pièce de cinq kopecks, sur l'autre son propre portrait.

Je ne jugeai pas nécessaire de discuter les opinions du cosaque et je partis avec lui à la maison du commandant, en m'imaginant à l'avance mon entrevue avec Pougatchov, et en m'efforçant de deviner quelle en serait l'issue. Le lecteur peut facilement se représenter que je n'étais pas tout à fait maître de moi.

Il commençait à faire nuit, lorsque j'arrivai à la maison du commandant. La potence avec ses victimes était d'un noir sinistre. Le corps de la pauvre commandante gisait encore sous le perron, où deux cosaques montaient la garde. Celui qui m'avait amené alla m'annoncer et, revenant aussitôt, me conduisit dans la pièce, où la veille j'avais fait de si tendres adieux à Maria Ivanovna.

Un tableau extraordinaire s'offrit à moi. À une table, couverte d'une nappe et chargée de bouteilles et de verres, Pougatchov et une dizaine de chefs cosaques étaient assis, leurs bonnets sur la tête, en chemises de couleur, allumés par le vin, la trogne rouge et les yeux étincelants. Il n'y avait parmi eux ni Chvabrine ni notre sous-officier, ces traîtres nouvellement recrutés. « Ah, Votre Noblesse, dit Pougatchov en me voyant, sois le bienvenu. Place et honneur pour toi, assieds-toi ! » Les convives se serrèrent un peu. Je pris place en silence au bout de la table. Mon voisin, un jeune cosaque, bien planté et beau, me versa un verre de vin ordinaire auquel je ne touchai pas. Je me mis à examiner avec curiosité ce ramassis de brigands. Pougatchov était assis à la place d'honneur, les coudes sur la table, appuyant sa barbe noire sur son large poing. Les traits de son visage, réguliers et assez agréables, n'annonçaient aucune férocité. Il s'adressait fréquemment à un homme d'une cinquantaine d'années, l'appelant tantôt comte, tantôt Timoféitch, et parfois lui donnant du... cher oncle. Tous se traitaient en camarades et ne témoignaient aucune déférence particulière à leur chef. La conversation portait sur l'assaut du matin, sur le succès de la révolte et les opérations futures. Chacun fanfaronnait, émettait ses opinions et contredisait en toute liberté Pougatchov. Et dans cet étrange conseil de guerre la marche sur Orenbourg fut décidée : manœuvre audacieuse et qui fut bien près d'être couronnée d'un succès désastreux. Le mouvement fut fixé au lendemain. « Allons, frères, dit Pougatchov, entonnons donc avant de nous coucher ma chanson favorite. Vas-y, Tchoumakov ! »

Mon voisin entonna d'une voix grêle la lugubre chanson des haleurs et tous reprirent en chœur :

Ne murmure donc pas, verte forêt, ma mère,
Ne m'empêche pas de réfléchir.
Demain, je dois comparaître devant ce terrible juge
Devant le Tsar lui-même.
Le Tsar m'interrogera :
Apprends-moi, jeune homme,
Avec qui tu as exercé tes brigandages.
Je m'en vais te le dire, toute la vérité.
J'ai eu quatre complices :
Le premier, c'était la nuit sombre
Le second, c'était mon bon cheval
Le troisième, mon coutelas d'acier
Le quatrième, mon arc dur à plier.
Les flèches étaient mes émissaires.
Alors le Tsar, notre espérance, me répondra :
Brave jeune homme
Tu as su voler et tu as su répondre
C'est pourquoi je vais te récompenser.
Tu auras un haut château au milieu de la plaine,
Deux poteaux avec une poutre au travers.

Il est impossible de rendre l'impression que fit sur moi cette chanson populaire sur la potence, chantée par des gens voués eux-mêmes à la potence. Leurs visages menaçants, leurs voix harmonieuses, l'expression lugubre qu'ils donnaient aux paroles, déjà si expressives par elles-mêmes, tout cela me secouait d'une sorte d'effroi poétique.

Les invités vidèrent encore chacun un verre, se levèrent de table et prirent congé de Pougatchov. Je voulais les suivre, mais Pougatchov me dit : « Reste assis. Je veux causer avec toi. » Nous restâmes en tête à tête.

Notre silence mutuel se prolongea quelques minutes. Pougatchov me regardait fixement, en clignant de temps en temps son œil gauche, avec une expression étonnante de fourberie et de moquerie. Enfin il se mit à rire, et d'une gaieté si franche, que je me mis à rire aussi, en le regardant, sans savoir moi-même pourquoi.

– Alors, Votre Noblesse ? me dit-il. Tu as eu peur, avoue-le, lorsque mes gaillards t'ont jeté la corde au cou. Tu as dû, je crois, en voir trente-six chandelles. Et tu te serais balancé à la solive, sans ton serviteur. J'ai reconnu aussitôt le vieux débris. Pouvais-tu penser, Votre Noblesse, que l'homme qui t'avait conduit vers l'auberge était le Souverain en personne ? (Il prit alors un air important et mystérieux.) Tu es fortement coupable envers moi, continua-t-il. Mais je t'ai fait grâce pour ta bonté, parce que tu m'as rendu service, quand j'étais contraint de cacher de mes ennemis. Tu en verras bien d'autres ! Je te comblerai encore de faveurs, lorsque j'aurai recouvré mon empire. Me promets-tu de me servir avec zèle ?

La question du brigand et son audace me parurent si plaisantes, que je ne pus retenir un sourire.

– De quoi ris-tu ? me demanda-t-il en fronçant le sourcil. Ne crois-tu pas que je suis le Souverain ? Réponds franchement.

Je me troublai. Reconnaître ce va-nu-pieds comme le Souverain, je ne le pouvais : cela me paraissait une impardonnable lâcheté. Le traiter en face de menteur, c'était risquer ma perte et ce à quoi j'étais prêt sous la potence, sous les regards de tous les habitants, dans la première flambée d'indignation, me paraissait maintenant une rodomontade inutile. J'hésitais. Pougatchov, sombre, attendait ma réponse. Enfin (et maintenant encore c'est avec satisfaction que je me rappelle cette minute), le sentiment du devoir triompha en moi de la faiblesse humaine. Je répondis à Pougatchov :

– Écoute, je vais te dire toute la vérité. Juge si je peux reconnaître en toi mon Souverain. Tu es un homme intelligent, tu verrais toi-même que je ruse.

– Qui suis-je donc à ton avis ?

– Dieu seul te connaît ; mais qui que tu sois, tu joues un jeu dangereux.

Pougatchov me jeta un regard rapide.

– Ainsi tu ne crois pas, dit-il, que je suis le Tsar, Pierre Féodorovitch ? Bon, bon. Mais est-ce que le succès se refuse à l'audacieux ? Est-ce que dans l'ancien temps Grichka Otrepiev n'a pas régné ? Pense de moi ce que tu veux, mais ne me quitte pas. Que t'importe le reste ? Quel que soit le pope, il reste le pope. Sers-moi en toute fidélité et loyauté, je te ferai et feldmaréchal et prince. Qu'en penses-tu ?

– Non, répondis-je avec fermeté. Je suis noble de naissance ; j'ai prêté serment à l'Impératrice ma Souveraine. Je ne puis être à ton service. Si vraiment tu me veux du bien, laisse-moi partir à Orenbourg.

Pougatchov resta rêveur.

– Et si je te laisse partir, me promets-tu au moins de ne pas servir contre moi ?

– Comment puis-je te promettre cela ? répondis-je. Tu le sais toi-même. Je ne suis pas libre. Si l'on m'ordonne de marcher contre toi, je marcherai, il n'y a rien à faire. Toi-même, maintenant, tu es le chef ; toi-même tu exiges l'obéissance des tiens. De quoi cela aurait-il l'air, si je refusais de servir, lorsqu'on aura besoin de mon service ? Ma tête est en ton pouvoir. Si tu me libères, merci. Si tu m'exécutes, Dieu te jugera, mais je t'ai dit la vérité.

Ma sincérité frappa Pougatchov.

« Qu'il en soit ainsi ! dit-il, en me frappant sur l'épaule. Si l'on châtie, qu'on châtie, si l'on fait grâce, qu'on fasse grâce. Pars où bon te semble et fais ce que tu veux. Demain viens me dire adieu, et maintenant va tranquillement dormir, le sommeil me gagne déjà. »

Je laissai Pougatchov et sortis dans la rue. La nuit était paisible et glacée. La lune et les étoiles étincelaient, éclairant la place et la potence. Dans le fort tout était calme, dans l'ombre. Au cabaret seulement brillait une lumière et retentissaient les cris des ivrognes attardés. Je jetai un regard sur la maison du pope. Les volets et les portes étaient fermés. Tout y paraissait tranquille.

Je rentrai chez moi, et je trouvai Savélitch qui s'affligeait sur mon absence. La nouvelle de ma libération lui donna une joie ineffable.

« Gloire à toi, Seigneur, dit-il en se signant. Avant le jour nous quitterons le fort et nous irons droit devant nous. Je t'ai préparé quelque chose. Mange, mon bon maître, et dors paisiblement jusqu'au matin, comme sur le sein du Christ... »

Je suivis son conseil, et après avoir soupé de grand appétit, je m'endormis sur le plancher nu, épuisé moralement et physiquement.

CHAPITRE IX

LA SÉPARATION

> J'eus plaisir à te fréquenter,
> Toi, la plus belle entre les femmes.
> Dur, il est dur de te quitter,
> Dur comme de quitter mon âme.
> Khéraskov.

De très bonne heure le tambour me réveilla. Je me dirigeai vers le lieu du rassemblement. Les bandes de Pougatchov s'y rangeaient déjà autour de la potence, où pendaient encore les victimes de la veille. Les cosaques étaient à cheval, les soldats sous les armes. Les étendards flottaient. Quelques canons, parmi lesquels je reconnus le nôtre, étaient placés sur des affûts de campagne. Tous les habitants étaient là aussi, attendant l'usurpateur. Près du perron de la maison du commandant, un cosaque tenait par la bride un beau cheval blanc de race kirghize. Je cherchai des yeux le corps de la commandante. Il avait été tiré un peu de côté et recouvert d'une natte. Enfin Pougatchov sortit du vestibule. La foule se découvrit. Pougatchov s'arrêta sur le perron et salua tout le monde. L'un des chefs cosaques lui tendit un sac rempli de pièces de cuivre qu'il se mit à jeter à pleines mains.

La foule se précipita en criant pour les ramasser, et l'affaire ne se passa pas sans meurtrissures. Pougatchov était entouré de ses principaux complices. Parmi ceux-ci était aussi Chvabrine. Nos regards se rencontrèrent. Dans le mien il pouvait lire mon mépris et il se détourna avec une expression de colère non feinte et de moquerie affectée. Pougatchov m'aperçut dans la foule. Il me fit un signe de tête et m'appela à lui.

« Écoute, me dit-il, pars sur l'heure à Orenbourg et déclare de ma part au gouverneur et à tous les généraux qu'ils m'attendent chez eux dans une semaine. Conseille-leur en outre de m'accueillir en fils aimants et soumis ; sinon ils n'échapperont pas à un féroce châtiment. Bon voyage, Votre Noblesse ! » Puis il se tourna vers la foule et lui dit, en montrant Chvabrine : « Voilà, mes enfants, votre nouveau commandant. Obéissez-lui en tout, quant à lui il me répond de vous et de la forteresse. » C'est avec effroi que j'entendis ces mots. C'était Chvabrine qui devenait le chef du fort ; Maria Ivanovna restait en son pouvoir ! Dieu, que lui arriverait-il ? Pougatchov descendit du perron. On lui amena son cheval. Il sauta lestement en selle, sans attendre les cosaques qui voulaient le hisser.

À ce moment je vis sortir de la foule mon Savélitch.

Il s'approcha de Pougatchov et lui remit une feuille de papier.

– Qu'est cela ? demanda Pougatchov avec hauteur.

– Lis, et ainsi tu voudras bien voir, répondit Savélitch.

Pougatchov prit le papier et, longtemps, l'examina d'un air entendu.

« Qu'écris-tu donc là de si étrange ? dit-il enfin. Nos augustes yeux ne peuvent rien déchiffrer là-dedans. Où est le chef de mon secrétariat ? »

Un jeune gars en uniforme de caporal se précipita vers Pougatchov : « Lis à haute voix », lui dit l'usurpateur en lui remettant le papier. J'étais extraordinairement curieux de savoir à quel sujet mon diadka avait imaginé d'écrire à Pougatchov. Le secrétaire en chef se mit à épeler à haute voix ce qui suit :

« Deux robes de chambre, l'une en calicot, l'autre en soie rayée, soit six roubles.

– Qu'est-ce que cela signifie ? dit Pougatchov en fronçant les sourcils.

– Ordonne-lui de continuer », répondit placidement Savélitch.

Le secrétaire en chef continua :

« Un uniforme de drap vert fin, soit sept roubles.

« Une paire de pantalons blancs, en drap, soit cinq roubles.

« Une douzaine de chemises en toile de Hollande avec manchettes, soit dix roubles.

« Une cantine avec service à thé, soit deux roubles et demi. »

– Qu'est-ce que c'est que ce radotage ? dit Pougatchov en l'interrompant. Qu'ai-je à faire de ces cantines et de ces pantalons à manchettes ?

Savélitch toussota et commença ses explications.

– C'est, mon bon seigneur, si tu veux bien le voir, l'inventaire des effets de mon maître, volés par les bandits...

– Quels bandits ? dit Pougatchov menaçant.

– Pardon, la langue m'a fourché, répondit Savélitch. Pour des bandits ce ne sont pas des bandits, mais tes gaillards, qui ont tout fouillé à leur manière et tout emporté pièce par pièce. Ne t'irrite pas. Il n'y a de bon cheval qui ne bronche. Donne donc l'ordre de lire jusqu'au bout.

– Achève, dit Pougatchov.

Le secrétaire continua :

« Une couverture d'indienne, une autre en taffetas doublée de coton, soit quatre roubles. Une pelisse de renard, recouverte de ratine rouge, soit quarante roubles. Plus un petit touloupe de lièvre, dont Ta Grâce a reçu le cadeau à l'auberge, quinze roubles. »

– ... Qu'est-ce encore ! s'écria Pougatchov, dont les yeux de feu lancèrent des éclairs.

Je fus rempli d'épouvante, je l'avoue, pour mon pauvre diadka. Il voulut se lancer de nouveau dans des explications, mais Pougatchov l'interrompit : « Comment as-tu osé te faufiler jusqu'à moi avec de pareilles sottises ! cria-t-il, en arrachant le papier des mains du secrétaire et en le lançant au visage de Savélitch. Stupide vieillard ! On les a détroussés ! Quel malheur ! Tu dois, vieux débris, prier éternellement Dieu pour moi et pour mes gaillards à qui ton maître et toi devez de ne pas pendre ici à la potence, en compagnie de ceux qui m'ont désobéi. Un touloupe de lièvre ! Je vais t'en donner, un touloupe de lièvre ! Sais-tu bien que je vais te faire écorcher vif pour avoir de la peau à touloupes ?

– Comme il te plaira, répondit Savélitch ; mais je ne suis pas un homme libre, et je dois répondre du bien de mon maître.

Pougatchov était évidemment dans un accès de magnanimité. Il se détourna et partit, sans ajouter un mot. Chvabrine et les chefs le suivirent. La troupe des brigands sortit en ordre du fort. La foule alla faire escorte à Pougatchov. Je restai seul sur la place avec Savélitch. Mon diadka tenait dans ses mains son inventaire et l'examinait avec un air de profonde désolation.

En voyant ma bonne entente avec Pougatchov, il avait songé à en profiter ; mais son habile projet n'avait pas réussi. J'avais envie de le tancer pour son zèle intempestif, mais je ne pus m'empêcher de rire. « Ris donc, mon maître, répondit Savélitch, ris, mais lorsqu'il faudra remonter tout notre ménage, nous verrons s'il y aura de quoi rire. »

Je courus à la maison du pope pour voir Maria Ivanovna. La popesse me reçut avec une triste nouvelle. Pendant la nuit une violente fièvre s'était déclarée chez Maria Ivanovna. Elle était sans connaissance et dans le délire. La popesse me conduisit dans sa chambre. Je m'approchai doucement de son lit. L'altération de son visage me frappa. La malade ne me reconnut pas. Longtemps je restai debout devant elle, sans entendre le père Guérassime ni son excellente femme, qui, je crois, cherchaient à me consoler. De sombres pensées m'agitaient. La situation de la pauvre orpheline sans défense, abandonnée au milieu de malfaisants rebelles, ma propre impuissance m'effrayaient. Chvabrine, Chvabrine surtout torturait mon imagination. Investi du pouvoir par l'usurpateur, maître dans le fort où restait la malheureuse jeune fille, objet innocent de sa haine, il pouvait tout entreprendre. Que devais-je faire ? Comment porter secours à Macha ? Comment la délivrer des mains du scélérat ? Il ne me restait qu'un moyen. Je résolus de partir sur l'heure à Orenbourg pour hâter la libération de Biélogorsk, et y aider dans la mesure du possible. Je fis mes adieux au pope et à Akoulina Pamphilovna, en la suppliant ardemment de veiller sur celle que je considérais déjà comme ma femme. Je pris la main de la pauvre jeune fille et la baisai, en l'arrosant de mes larmes. « Adieu, me dit la popesse, en me reconduisant, adieu, Pierre Andréitch. Peut-être nous reverrons-nous en des temps meilleurs. Ne nous oubliez pas et écrivez-nous assez souvent. La pauvre Maria Ivanovna en dehors de vous n'a maintenant personne pour la consoler et la protéger. »

Après être sorti sur la place, je m'arrêtai une minute, levai mon regard sur la potence, m'inclinai devant elle, et quittai le fort par le chemin d'Orenbourg, accompagné de Savélitch, qui ne me lâchait pas d'une semelle.

Je marchais, tout entier à mes réflexions, lorsque soudain j'entendis derrière moi le bruit des sabots d'un cheval. Je me retournai et vis arriver du fort au galop un cosaque, tenant par les rênes un cheval bachkir et me faisant des signes de loin. Je m'arrêtai et bientôt je reconnus notre sous-officier.

Après m'avoir rejoint, celui-ci mit pied à terre et me dit en me tendant les rênes du second cheval : « Votre Noblesse ! Notre père vous fait cadeau d'un cheval et d'une de ses pelisses. (À sa selle était attaché un touloupe en peau de mouton.) Et de plus, ajouta le sous-officier en hésitant, il vous fait cadeau d'un demi-rouble... mais je l'ai perdu en route : ayez la générosité de me pardonner ! »

Savélitch le regarda de travers et bougonna :

– Tu l'as perdu en route ! Mais qu'est-ce qui tinte sur ton sein ? Impudent !

– Ce qui tinte sur mon sein ? répliqua le sous-officier, sans le moindre trouble. Par Dieu, mon bon vieux, c'est le bridon et non le demi-rouble.

– C'est bon, dis-je, coupant court à la discussion. Remercie de ma part celui qui t'a envoyé. Quant au demi-rouble perdu, tâche de le retrouver sur le chemin du retour et garde-le comme pourboire.

– Grand merci, Votre Noblesse, répondit-il, en faisant tourner son cheval, éternellement je prierai Dieu pour vous.

À ces mots il s'en revint au galop, une main glissée dans sa chemise, et une minute après disparut à nos regards.

Je revêtis le touloupe et me mis en selle, en installant Savélitch en croupe derrière moi. « Tu le vois bien, maître, dit le vieillard : ce n'est pas pour rien que j'ai remis au brigand ma supplique : le voleur a eu des remords. Quoique la rosse kirghize efflanquée et le touloupe de mouton ne vaillent même pas la moitié de ce qu'ils nous ont volé, ces brigands, et de ce que tu as bien voulu lui donner toi-même, cela nous sera tout de même utile. D'un méchant chien on peut au moins tirer une touffe de poils. »

CHAPITRE X

LE SIÈGE DE LA VILLE

> Il occupa et prairies et montagnes,
> De leur sommet, comme un aigle, sur la ville
> [il jetait ses regards.
> Derrière le camp il fit construire des ouvrages
> Où il cacha les foudres, qu'il fit, la nuit,
> [approcher de la ville.
> KHÉRASKOV.

En approchant d'Orenbourg, nous aperçûmes une multitude de forçats, la tête rasée, défigurés par les tenailles du bourreau. Ils travaillaient autour des fortifications, sous la surveillance des invalides de la garnison. Les uns emportaient sur des charrettes les détritus encombrant le fossé, les autres à la pelle creusaient la terre. Sur le rempart des maçons traînaient des briques et réparaient le mur. Aux portes des sentinelles nous arrêtèrent et exigèrent nos passeports. Aussitôt que le sergent apprit que je venais du fort de Biélogorsk, il me conduisit tout droit à la maison du général.

Je le trouvai au jardin. Il examinait ses pommiers, dépouillés par le souffle de l'automne, et, avec l'aide d'un vieux jardinier, il les emmitouflait soigneusement dans de la paille chaude. Son visage respirait le calme, la santé et la bonté. Il se réjouit de me voir et se mit à m'interroger sur les effroyables événements dont j'avais été le témoin. Je lui racontai tout. Le vieillard m'écoutait avec attention et entretemps émondait les branches sèches. « Pauvre Mironov ! dit-il, lorsque j'eus terminé mon triste récit. Je le plains, c'était un bon officier, et Mme Mironov était une excellente dame, et avec quelle maîtrise elle salait les champignons ! Et Macha, la fille du capitaine ? » Je répondis qu'elle était restée dans la forteresse entre les mains de la femme du pope. « Aïe ! aïe ! aïe ! fit le général. C'est mauvais, très mauvais ! On ne peut compter sur la discipline des brigands. Que va devenir la pauvre jeune fille ? » Je répondis que le fort de Biélogorsk n'était pas très éloigné, et que, vraisemblablement, Son Excellence ne tarderait pas à envoyer des troupes pour délivrer ses malheureux habitants. Le général hocha la tête d'un air incrédule. « Nous verrons, nous verrons ! dit-il. Nous aurons encore le temps d'en parler. Je te prie de venir chez moi prendre une tasse de thé : il y aura aujourd'hui chez moi un conseil de guerre. Tu peux nous donner de sûrs renseignements sur ce vaurien de Pougatchov et ses troupes. Maintenant va te reposer en attendant. »

Je gagnai le logement qui m'avait été réservé. Savélitch en disposait déjà en maître, et c'est avec impatience que je me mis à attendre l'heure fixée. Le lecteur peut facilement s'imaginer que je ne manquai pas d'assister à un conseil qui devait avoir une telle influence sur mon destin. À l'heure fixée j'étais déjà chez le général.

Je trouvai chez lui un des fonctionnaires municipaux, le directeur de la douane, il m'en souvient, un petit vieux replet et au teint coloré, en caftan de brocart. Il s'informa auprès de moi du sort d'Ivan Kouzmitch qu'il appelait son compère, et il me coupait souvent la parole par ses questions subsidiaires et ses remarques morales, qui, si elles ne découvraient pas en lui un expert en art militaire, du moins découvraient sa sagacité et une intelligence naturelle. Entre-temps les autres invités étaient aussi arrivés. Lorsque tous eurent pris place et qu'on eut servi à chacun une tasse de thé, le général exposa la situation très clairement et en détail. « Maintenant, Messieurs, continua-t-il, il faut décider de la façon dont nous devons agir contre les rebelles : par l'offensive ou la défensive ? Chacun de ces procédés a ses avantages et ses inconvénients. L'offensive donne plus d'espoir de détruire très rapidement l'ennemi ; la défensive est plus sûre et moins dangereuse... Donc commençons à recueillir les voix dans l'ordre réglementaire, c'est-à-dire en commençant par les moins élevés en grade. Monsieur l'Enseigne, continua-t-il, en se tournant vers moi : ayez l'obligeance de nous exposer votre opinion. »

Je me levai et, en quelques mots, après avoir d'abord décrit Pougatchov et sa bande, je dis avec assurance que l'usurpateur n'avait pas le moyen de tenir tête à une armée régulière.

Mon opinion fut accueillie par les fonctionnaires avec une mauvaise grâce non déguisée. Ils y voyaient la légèreté et la témérité d'un jeune homme. Un murmure s'éleva, et j'entendis nettement le mot « blanc-bec ! » prononcé par quelqu'un à mi-voix. Le général se tourna vers moi et dit avec un sourire : « Monsieur l'Enseigne ! les premières voix dans les conseils de guerre sont d'ordinaire en faveur de l'offensive : c'est une loi. Continuons maintenant à recueillir les voix. Monsieur le Conseiller de collège ! Dites-nous votre opinion. »

Le petit vieux en caftan de brocart vida en hâte sa troisième tasse de thé, sérieusement étendue de rhum, et répondit au général :

– Je pense, Votre Excellence, qu'il ne faut employer ni l'offensive ni la défensive.

– Comment donc cela, Monsieur le Conseiller de collège ? répliqua le général stupéfait. La tactique ne nous offre pas d'autres moyens : mouvement offensif ou défensif...

– Votre Excellence, marchez par soudoiement.

– Eh, eh ! votre avis est tout à fait sage. Les mouvements par soudoiement sont admis par la tactique et nous profiterons de votre conseil. On pourra promettre pour la tête du vaurien quelque soixante-dix roubles ou même cent... sur les fonds secrets...

– Et alors, interrompit le directeur de la douane, que je sois un mouton kirghize et non un conseiller de collège si ces voleurs ne nous livrent pas leur chef, pieds et poings liés.

– Nous y réfléchirons encore et en discuterons, répondit le général. Cependant, il convient en tout cas de prendre aussi des mesures militaires. Messieurs, donnez vos voix suivant l'ordre réglementaire.

Tous les avis furent contraires au mien. Tous les fonctionnaires parlaient du peu de sûreté des troupes, de l'incertitude du succès, de la prudence et autres choses semblables. Tous tenaient pour plus sage de rester sous la protection des canons derrière une solide muraille de pierre, que de tenter la fortune des armes en rase campagne. Enfin, le général, après avoir écouté tous les avis, secoua la cendre de sa pipe et prononça le discours suivant :

« Messieurs ! je dois vous déclarer que pour ma part je suis complètement d'accord avec Monsieur l'Enseigne : car son opinion est basée sur toutes les règles de la saine tactique, qui, toujours, préfère l'action offensive à l'action défensive. »

Là-dessus, il s'arrêta et se mit à bourrer sa pipe. Mon amour-propre triomphait. Je regardai fièrement les fonctionnaires, qui chuchotaient entre eux avec un air de mécontentement et d'inquiétude.

« Mais, Messieurs, continua-t-il, en exhalant avec un profond soupir une épaisse bouffée de fumée, je n'ose pas prendre sur moi une si grande responsabilité, lorsqu'il s'agit de la sécurité des provinces à moi confiées par Sa Majesté Impériale, ma très gracieuse Souveraine. Aussi je me rallie à la majorité des voix, qui a décidé que le plus sage et le moins dangereux était d'attendre l'investissement à l'intérieur de la ville, et de repousser les attaques de l'ennemi par la force de l'artillerie et (s'il est possible) par des sorties. »

Les fonctionnaires à leur tour me regardèrent ironiquement. Le conseil se sépara. Je ne pouvais pas ne pas regretter la faiblesse de l'honorable soldat qui, à l'encontre de sa propre conviction, avait décidé de suivre l'avis de gens incompétents et sans expérience.

Quelques jours après ce fameux conseil, nous apprîmes que Pougatchov, fidèle à sa promesse, approchait d'Orenbourg. J'examinai l'armée des rebelles du haut du rempart de la ville. Il me sembla que leur nombre avait décuplé depuis le dernier assaut dont j'avais été le témoin. Ils avaient avec eux aussi l'artillerie prise par Pougatchov dans les petits forts déjà conquis par lui. Au souvenir de la décision du conseil, je prévis une longue réclusion dans les murs d'Orenbourg et c'est tout juste si je ne pleurai pas de dépit.

Je ne décrirai pas le siège d'Orenbourg, qui est du domaine de l'histoire, et non d'une chronique de famille. Je dirai, en quelques mots, que ce siège, à cause de l'insouciance du commandement local, fut meurtrier pour les habitants, qui subirent la famine et toutes sortes de misères. Il est facile de s'imaginer que la vie à Orenbourg fut des plus intolérables. Tous attendaient dans l'abattement la décision de leur sort ; tous gémissaient de la cherté de la vie, qui était réellement effroyable. Les habitants s'étaient habitués aux boulets, qui atteignaient leurs demeures ; les assauts même de Pougatchov n'excitaient plus la curiosité générale. Je mourais d'ennui. Le temps passait. Je ne recevais aucune lettre de Biélogorsk. Toutes les routes étaient coupées. Ma séparation d'avec Maria Ivanovna me devint insupportable. Mon ignorance de son sort me torturait. Mon unique distraction était de faire quelque raid. Grâce à Pougatchov j'avais un bon cheval, avec lequel je partageais ma maigre pitance, et sur lequel j'allais chaque jour, hors des murs, échanger des coups de feu avec les coureurs de Pougatchov. Dans ces escarmouches l'avantage était d'ordinaire du côté des brigands, bien nourris, ivres et bien montés. La cavalerie de la ville, épuisée, ne pouvait avoir le dessus. Parfois notre infanterie faisait aussi une sortie ; mais l'épaisseur de la neige l'empêchait d'agir avec succès contre des coureurs dispersés. L'artillerie tonnait vainement du haut du rempart, et dans la campagne elle s'enlisait et ne pouvait avancer à cause de l'épuisement des chevaux. Telle était la nature de nos opérations militaires. Et voilà ce que les ronds-de-cuir d'Orenbourg appelaient prudence et sagesse.

Un jour, où nous avions réussi, je ne sais comment, à disperser et à refouler une masse assez dense d'ennemis, je tombai sur un cosaque resté en arrière de ses camarades. J'étais déjà prêt à lui porter un coup de mon sabre turc, lorsque soudain il ôta son bonnet et me cria : « Bonjour, Pierre Andréitch ! Comment Dieu vous traite-t-il ? »

Je levai les yeux sur lui et je reconnus notre sous-officier. Impossible de dire ma joie de le voir.

– Bonjour, Maximytch, lui dis-je. As-tu quitté depuis longtemps Biélogorsk ?

– Il n'y a pas longtemps, mon bon seigneur Pierre Andréitch : j'en suis revenu hier seulement. J'ai un billet pour vous.

– Où est-il ? m'écriai-je, tout brûlant d'impatience.

– Sur moi, répondit Maximytch, en glissant sa main entre chair et chemise. J'ai promis à Palachka de vous le faire tenir par un moyen quelconque.

Il me donna alors un papier plié et s'éloigna aussitôt au galop. Je le dépliai et je lus en tremblant les lignes suivantes :

« Il a plu à Dieu de me priver d'un coup de mon père et de ma mère : je n'ai sur terre ni parents ni protecteurs. J'ai recours à vous, sachant que toujours vous m'avez désiré du bien et que vous êtes prêt à secourir tout le monde. Je prie Dieu que cette lettre vous parvienne de quelque façon. Maximytch m'a promis de vous la remettre. Palachka a appris aussi de Maximytch qu'il vous aperçoit souvent de loin dans les sorties ; et que vous n'avez aucune prudence et que vous ne songez pas à ceux qui prient Dieu pour vous dans les larmes. J'ai été longtemps malade ; et lorsque j'ai été rétablie, Alexis Ivanovitch, qui commande ici à la place de feu mon père, a forcé le père Guérassime à lui livrer ma personne, en le menaçant de Pougatchov. Je vis dans notre maison, gardée à vue. Alexis Ivanovitch cherche à me forcer à l'épouser. Il dit m'avoir sauvé la vie, parce qu'il a couvert le mensonge d'Akoulina Pamphilovna, qui m'a fait passer pour sa nièce auprès des brigands. Mais il me serait plus facile de mourir, que de devenir la femme d'un homme de l'espèce d'Alexis Ivanovitch. Il me traite avec une grande cruauté, et il me menace, si je ne reviens pas à d'autres sentiments, et si je n'accepte pas sa proposition, de me conduire au camp du brigand, "où votre sort, dit-il, sera celui d'Élisabeth Kharlova". J'ai prié Alexis Ivanovitch de me donner le temps de réfléchir. Il a consenti à attendre encore trois jours, mais si dans trois jours je ne l'épouse pas, alors je n'aurai plus de grâce à attendre. Mon bon seigneur Pierre Andréitch ! vous seul êtes mon protecteur ; défendez la malheureuse que je suis. Priez le général et tous les commandants de nous envoyer au plus vite du secours, et arrivez vous-même, si vous le pouvez. La pauvre orpheline que je suis reste votre servante.

Marie Mironova. »

Après avoir lu cette lettre, je faillis perdre la raison. Je m'élançai vers la ville, en éperonnant sans miséricorde mon pauvre cheval. En route j'agitais tantôt un projet tantôt un autre pour sauver la malheureuse jeune fille, mais je ne pouvais m'arrêter à aucun. Arrivé au galop dans la ville, je me dirigeai tout droit chez le général, et j'entrai chez lui en courant tête baissée.

Le général allait et venait à travers sa chambre en fumant sa pipe d'écume. À ma vue il s'arrêta. Sans doute mon aspect le frappa : il s'informa avec sollicitude de la raison de mon arrivée précipitée.

– Votre Excellence, lui dis-je. J'accours vers vous comme vers mon propre père ; au nom de Dieu, ne rejetez pas ma prière : il s'agit du bonheur de toute ma vie.

– Qu'y a-t-il donc, mon ami ? me demanda le vieillard stupéfait. Que puis-je faire pour toi ? Parle.

– Votre Excellence, donnez-moi l'ordre de prendre une compagnie de soldats et une demi-sotnia de cosaques et envoyez-moi nettoyer le fort de Biélogorsk.

Le général me regarda fixement, supposant sans doute que j'étais devenu fou (en quoi il ne se trompait presque pas).

– Comment cela ? Nettoyer le fort de Biélogorsk ? dit-il enfin.

– Je vous réponds du succès, répondis-je avec feu. Laissez-moi seulement partir.

– Non, jeune homme, dit-il, en hochant la tête. À une si grande distance il sera facile à l'ennemi de vous couper toute communication avec le point stratégique principal et de remporter sur vous une victoire complète. La communication coupée...

J'eus peur, en le voyant entraîné dans des considérations tactiques, et je me hâtai de l'interrompre. « La fille du capitaine Mironov, lui dis-je, m'écrit une lettre ; elle demande aide ; Chvabrine veut la forcer à l'épouser. »

– Est-ce possible ? Oh ! ce Chvabrine, c'est le plus grand des coquins, et s'il me tombe dans les mains, je le ferai juger dans les vingt-quatre heures, et nous le fusillerons sur le parapet du fort ! Mais en attendant il faut prendre patience.

– Prendre patience ! m'écriai-je hors de moi. Et pendant ce temps il épousera, lui, Maria Ivanovna !

– Oh ! répliqua le général. Ce n'est pas encore un si grand malheur : il est meilleur pour elle, en attendant, d'être la femme de Chvabrine ; il peut maintenant lui donner protection ; mais lorsque nous l'aurons fusillé, alors, et Dieu y pourvoira, il se trouvera pour elle de bons prétendants. Les gentilles petites veuves ne restent pas vieilles filles... je voulais dire qu'une jolie veuve trouvera plutôt un mari qu'une jeune fille.

– Je préférerais mourir, dis-je dans un accès de rage, plutôt que de la céder à Chvabrine.

– Tiens, tiens, tiens ! dit le vieillard. Maintenant je comprends : tu es, je le vois, amoureux de Maria Ivanovna. Oh, c'est une autre affaire ! Pauvre petit ! Mais tout de même je ne puis pas te donner une compagnie de soldats et une demi-sotnia de cosaques. Cette expédition serait déraisonnable. Je ne puis pas en prendre la responsabilité.

Je baissai la tête ; le désespoir s'empara de moi. Soudain une idée me traversa la tête comme un éclair. Quelle était cette idée ? Le lecteur le verra dans le chapitre suivant, comme disent les romanciers du bon vieux temps.

CHAPITRE XI

LE BOURG INSURGÉ

> Ce jour-là le lion cruel était repu :
> « Pourquoi dans mon repaire êtes-vous donc venu ? »
> Demanda le lion avec aménité.
> A. Soumarokov.

Je quittai le général et gagnai en toute hâte mon logement. Savélitch m'accueillit avec ses admonestations habituelles. « Drôle de plaisir, maître, d'aller t'expliquer avec des brigands ivres ! Est-ce occupation de gentilhomme ? Ça peut mal tourner : tu te perdras pour rien. Si encore tu marchais contre le Turc ou le Suédois, mais ces gens-là, c'est une honte même de les nommer. »

J'interrompis son discours par la question : « Combien ai-je d'argent en tout ? – Tu en auras assez, répondit-il l'air satisfait. Les filous ont eu beau fouiller, j'ai cependant réussi à leur soustraire quelque chose. » Et, à ces mots, il tira de sa poche une longue bourse tricotée, pleine d'argent.

– Eh bien, Savélitch, lui dis-je : donne-m'en la moitié et garde le reste pour toi. Je vais à Biélogorsk.

– Mon bon maître, Pierre Andréitch ! dit mon bon diadka d'une voix tremblante. Crains Dieu ! Comment te mettre en route au temps où nous sommes, lorsque les brigands ont coupé toute issue ? Épargne au moins tes parents, si tu ne t'épargnes pas toi-même. Où dois-tu aller ? Pourquoi ? Attends un petit peu : des troupes arriveront, cueilleront les brigands ; et alors pars à ta guise aux quatre vents.

Mais ma décision avait été prise, inébranlable.

– Il est trop tard pour discuter, répondis-je au vieillard. Je dois partir, je ne puis pas ne pas partir. N'aie pas d'inquiétude, Savélitch ; Dieu est miséricordieux, nous aurons la chance de nous revoir. Fais bien attention, n'aie pas trop de scrupules et ne lésine pas. Achète ce qui te sera nécessaire, même à un prix exorbitant. Je te fais cadeau de cet argent. Si dans trois jours je ne reviens pas...

– Que dis-tu là, maître ? dit Savélitch en m'interrompant. Que moi, je te laisse partir seul ! Ne me le demande pas, même en rêve. Si tu as déjà décidé de partir, je te suivrai, serait-ce à pied, je ne t'abandonnerai pas. Que je reste sans toi derrière une muraille ! Aurais-je par hasard perdu l'esprit ? Fais ce que tu veux, maître, mais moi, je ne te quitterai pas.

Je savais qu'il était inutile d'entrer en discussion avec Savélitch. Je lui permis de se préparer au voyage. Une demi-heure après j'étais sur mon bon cheval, et Savélitch sur une maigre rosse boiteuse dont lui avait fait cadeau un des habitants de la ville, qui n'avait plus de quoi la nourrir. Nous arrivâmes aux portes. Les sentinelles nous laissèrent passer ; nous sortîmes d'Orenbourg.

Il commençait à faire sombre. Ma route passait au long du bourg de Berda, quartier de Pougatchov. Le droit chemin était enfoui sous la neige, mais à travers toute la steppe on voyait des traces de pas de chevaux, chaque jour renouvelées. J'allais d'un bon trot. Savélitch pouvait à peine me suivre de loin et me criait à tout instant : « Un peu moins vite, maître, pour Dieu ! un peu moins vite ! Ma maudite rosse ne parvient pas à rattraper ton diable aux longues jambes. À quoi bon se hâter ? Si c'était encore pour aller à la noce, mais pour tâter de la hache, prends garde que... Pierre Andréitch... mon bon maître Pierre Andréitch ! Seigneur Dieu, l'enfant de mon maître va se perdre ! »

Bientôt brillèrent les feux de Berda. Nous approchâmes des ravins, défenses naturelles du bourg. Savélitch ne me lâchait pas, sans faire trêve à ses lamentations et à ses prières. J'espérais contourner sans incident le bourg, lorsque soudain je vis dans l'obscurité, droit devant moi, cinq ou six moujiks, armés de gourdins ; c'était un poste avancé du quartier de Pougatchov. Ils nous hélèrent. Ignorant le mot de passe, je voulais les dépasser sans répondre, mais ils m'entourèrent aussitôt et l'un d'entre eux saisit mon cheval par la bride. Je tirai mon sabre et frappai le moujik à la tête. Son bonnet le sauva, cependant il chancela et lâcha la bride. Les autres perdirent contenance et s'enfuirent. Je profitai de cet instant, éperonnai mon cheval et partis au galop.

L'obscurité de la nuit qui approchait pouvait me garder de tout danger, lorsque soudain, m'étant retourné, je vis que Savélitch n'était pas avec moi. Le pauvre vieux sur son cheval boiteux n'avait pu échapper aux brigands. Que faire ? Après l'avoir attendu quelques minutes, et m'étant assuré qu'il avait été arrêté, je tournai bride et allai le délivrer.

En approchant du ravin, j'entendis de loin du bruit, des cris et la voix de mon Savélitch. Je pressai mon cheval et je me trouvai rapidement de nouveau parmi les moujiks de garde, qui m'avaient arrêté quelques minutes auparavant.

Savélitch était au milieu d'eux. Ils avaient jeté le vieillard à bas de sa rosse et se préparaient à le ligoter. Mon arrivée les réjouit. Ils se précipitèrent sur moi en criant et en un clin d'œil me désarçonnèrent. L'un d'eux, le chef apparemment, nous déclara qu'il allait nous conduire tout de suite au Souverain. « Notre bon seigneur, ajouta-t-il, est maître d'ordonner de vous pendre sur l'heure, ou d'attendre le jour. » Je ne fis pas de résistance ; Savélitch imitait mon exemple et les gardes nous emmenèrent en triomphe.

Nous traversâmes le ravin et entrâmes dans le bourg. Dans toutes les isbas brillaient des feux. Des cris tumultueux retentissaient partout. Dans la rue je croisai beaucoup de monde, mais personne dans l'obscurité ne nous remarqua et ne reconnut en moi un officier d'Orenbourg. On nous mena tout droit à une isba, qui faisait le coin d'un carrefour. À sa porte se trouvaient quelques tonneaux d'alcool et deux canons. « Voilà justement le palais, dit l'un des moujiks. Nous allons tout de suite vous annoncer. » Il entra dans l'isba. Je regardai Savélitch : le vieillard se signait en disant intérieurement sa prière. L'attente fut longue. Enfin le moujik revint et me dit : « Allons ; notre bon maître a donné l'ordre d'introduire l'officier. » J'entrai dans l'isba, ou le palais comme disaient les moujiks. Elle était éclairée par deux chandelles de suif et ses murs étaient tapissés de papier doré. Quant au reste, les bancs, la table, l'aiguière suspendue à une ficelle, la serviette accrochée à un clou, le croc à enfourner dans un coin et la large plaque du four chargée de pots, tout cela était comme dans une isba ordinaire. Pougatchov était assis sous les icônes, en caftan rouge, en haut bonnet de fourrure, les mains sur les hanches, l'air important. Autour de lui se tenaient quelques-uns de ses principaux compagnons, avec un air de servilité affectée. On voyait que la nouvelle de l'arrivée d'un officier d'Orenbourg avait éveillé chez les rebelles une vive curiosité, et qu'ils s'étaient préparés à me recevoir avec solennité. Pougatchov me reconnut au premier regard. Sa feinte gravité disparut soudain. « Tiens, Votre Noblesse ! me dit-il avec vivacité. Comment vas-tu ? Pourquoi Dieu t'a-t-il conduit ici ? » Je répondis que j'allais régler une affaire personnelle et que ses gens m'avaient arrêté. « Et quelle affaire ? » me demanda-t-il. Je ne savais que répondre. Pougatchov, supposant que je ne voulais pas m'expliquer devant témoins, se tourna vers ses compagnons et leur donna l'ordre de sortir. Tous obéirent, sauf deux, qui ne bougèrent pas de place. « Parle hardiment en leur présence ! me dit Pougatchov. Je ne leur cache rien. » Je jetai un regard de côté sur les favoris de l'usurpateur. L'un d'eux, un petit vieux débile et bossu, avec une barbiche blanche, n'avait rien de remarquable, sauf un large ruban bleu, passé en sautoir sur son armiak gris. Mais de ma vie, je n'oublierai son camarade. Il était de haute taille, corpulent et large d'épaules. Il me parut avoir environ quarante-cinq ans. Une épaisse barbe rousse, des yeux étincelants, un nez aux narines arrachées et des taches rougeâtres sur son front et ses joues donnaient à son large visage grêlé une expression indéfinissable. Il portait une chemise rouge, une houppelande kirghize et de larges pantalons à la cosaque. Le premier (comme je l'appris ensuite) était le caporal déserteur Biéloborodov ; le second Athanase Sokolov (surnommé Khlopoucha), criminel déporté, qui par trois fois s'était évadé des mines sibériennes. Malgré les sentiments qui me jetaient dans un trouble exceptionnel, la société dans laquelle j'étais tombé si inopinément excitait fortement mon imagination. Mais Pougatchov me fit revenir à moi par sa question : « Parle, pour quelle affaire donc es-tu sorti d'Orenbourg ? »

Une étrange pensée me vint à l'esprit, il me sembla que la Providence, qui m'avait amené une seconde fois à Pougatchov, m'offrait l'occasion de mettre mon projet à exécution. Je résolus d'en profiter, et sans prendre le temps de réfléchir à ma résolution, je répondis à la question de Pougatchov :

– J'allais au fort de Biélogorsk délivrer une orpheline qu'on y maltraite.

Les yeux de Pougatchov flambèrent.

– Qui de mes gens a l'audace de maltraiter une orpheline ? s'écria-t-il. Serait-il plus malin que le malin, il n'échappera pas à ma justice. Dis qui est le coupable !

– C'est Chvabrine le coupable, répondis-je. Il tient enfermée cette jeune fille que tu as vue, malade, chez la femme du pope, et il veut l'épouser de force.

– Je donnerai une leçon à ce Chvabrine! dit Pougatchov d'un ton menaçant. Il saura ce que c'est d'en faire à sa tête chez moi et de maltraiter le peuple. Je le pendrai.

– Permets que je dise un mot, dit Khlopoucha, d'une voix enrouée. Tu t'es trop hâté de nommer Chvabrine commandant du fort, et maintenant tu te hâtes trop de le faire pendre. Tu as offensé les cosaques en mettant un noble à leur tête; ne va donc pas faire peur aux nobles, en les exécutant à la première dénonciation.

– Il n'y a ni à les plaindre ni à leur faire des faveurs! dit le petit vieux au cordon bleu. Il n'y aurait pas de mal à exécuter Chvabrine, mais il ne serait pas mauvais d'interroger aussi M. l'officier en bonne et due forme. Pourquoi a-t-il bien voulu venir? S'il ne te reconnaît pas pour tsar, il n'a pas à chercher justice auprès de toi; et s'il te reconnaît, pourquoi donc jusqu'à aujourd'hui est-il resté à Orenbourg avec tes ennemis? Ne donneras-tu pas l'ordre de le conduire à la chancellerie et d'y allumer un brin de feu? J'ai l'idée que Sa Grâce a été envoyée vers nous par les commandants d'Orenbourg.

La logique du vieux scélérat me parut assez convaincante. Un frisson me parcourut tout le corps en songeant entre les mains de qui je me trouvais. Pougatchov remarqua mon trouble.

– Hein, Votre Noblesse? me dit-il en clignant de l'œil. Mon feldmaréchal, je crois, parle raison. Qu'en penses-tu?

L'ironie de Pougatchov me rendit la maîtrise de moi. Je lui répondis tranquillement que j'étais en son pouvoir, et qu'il était libre d'agir avec moi comme il lui plairait.

– Bon, dit Pougatchov. Maintenant, dis-nous dans quelle situation est votre ville.

– Grâce à Dieu, répondis-je, tout y est pour le mieux.

– Pour le mieux? répéta Pougatchov. Mais la population y meurt de faim!

L'usurpateur disait la vérité; mais moi, par devoir de fidélité à mon serment d'officier, je me mis à l'assurer que c'étaient des bruits sans fondement, et qu'il y avait, à Orenbourg, assez de réserves de toute sorte.

– Tu vois, reprit le petit vieux, qu'il te ment à la face. Tous les fugitifs s'accordent à témoigner qu'à Orenbourg règnent la famine et la mort, qu'on y mange de la charogne, et encore comme un plat de choix. Sa Grâce au contraire veut nous faire croire que tout y est en abondance. Si tu veux faire pendre Chvabrine, fais donc pendre à la même potence ce gaillard-là, pour qu'il n'y ait pas de jaloux.

Les paroles du maudit vieux, semblait-il, avaient ébranlé Pougatchov. Par bonheur Khlopoucha se mit à contredire son camarade. « Assez, Naoumytch, lui dit-il. Tu voudrais toujours étrangler et égorger. Drôle de héros ! À te voir, on se demande comment l'âme te tient au corps. Tu as déjà toi-même un pied dans la tombe, et tu veux la mort des autres. Aurais-tu trop peu de sang sur ta conscience ? »

— En voilà un saint homme ! répliqua Biéloborodov. D'où te vient cette pitié ?

— Certainement, répondit Khlopoucha, moi aussi j'ai péché et ce bras (il serra alors son poing osseux, et, retroussant ses manches, il découvrit un bras velu) et ce bras est coupable d'avoir versé du sang chrétien. Mais c'est mon ennemi que je tuais et non un hôte ; c'était sur un carrefour de grand chemin et dans la forêt sombre, et non dans ma maison, assis devant le poêle ; c'était d'un coup de matraque et de hache, et non avec des ragots de vieille femme.

Le vieux se détourna et grogna : « Bagnard aux narines arrachées ! »

— Qu'est-ce que tu marmonnes là, vieux débris ? cria Khlopoucha. Je vais t'en donner des narines arrachées. Attends, ton heure aussi viendra ! Si Dieu le veut, toi aussi tu renifleras les tenailles du bourreau... Mais en attendant, prends garde que je ne t'arrache ton bout de barbe !

— Messieurs les généraux ! s'écria Pougatchov avec gravité. Assez de disputes entre vous ! Ce ne serait pas un malheur que tous les chiens d'Orenbourg gigotent sous la même solive. Mais malheur, si nos mâtins à nous se dévoraient entre eux. Allons, faites la paix !

Khlopoucha et Biéloborodov ne dirent pas un mot et échangèrent de sombres regards. Je vis la nécessité de changer une conversation qui pouvait mal finir pour moi et, me tournant vers Pougatchov, je lui dis d'un air joyeux :

— Ah ! j'allais oublier de te remercier pour le cheval et le touloupe. Sans toi je ne serais pas parvenu à la ville et je serais mort de froid en chemin.

Mon subterfuge réussit. Pougatchov se dérida.

— Qui paie sa dette s'honore, dit-il en clignant de l'œil et en me jetant un regard en coulisse. Raconte-moi donc en quoi t'intéresse cette jeune fille que maltraite Chvabrine ! Le cœur du jeune homme ne serait-il pas amoureux ? hein ?

– Elle est ma fiancée, répondis-je à Pougatchov, en voyant le temps revenir au beau et ne trouvant plus nécessaire de cacher la vérité.

– Ta fiancée ! s'écria Pougatchov. Pourquoi donc ne l'as-tu pas dit plus tôt ? Nous te marierons et nous festoierons à ta noce ! (Puis se tournant vers Biéloborodov :) Écoute, feld-maréchal ! Sa Noblesse et moi sommes de vieux amis. Prenons donc place et soupons ; la nuit porte conseil. Demain nous verrons ce que nous ferons de lui.

J'aurais été heureux de refuser l'honneur qui m'était offert. Mais il n'y avait rien à faire.

Deux jeunes cosaques, filles du propriétaire de l'isba, couvrirent la table d'une nappe blanche ; elles apportèrent du pain, de la soupe au poisson et quelques bouteilles de vin et de bière. Pour la seconde fois je me trouvai attablé avec Pougatchov et ses terribles compagnons.

L'orgie, dont j'étais malgré moi le témoin, se prolongea bien avant dans la nuit. Enfin l'ivresse commença à s'emparer des convives. Pougatchov s'assoupit, à sa place ; ses camarades se levèrent et me firent signe de le laisser. Je sortis avec eux. Sur l'ordre de Khlopoucha, l'homme de garde me conduisit à la chancellerie, où je retrouvai Savélitch, et où on me laissa avec lui sous les verrous. Mon diadka était dans un tel état de stupéfaction à la vue de tout ce qui se passait, qu'il ne me fit aucune question. Il se coucha dans l'obscurité et longtemps poussa soupirs et gémissements ; enfin il se mit à ronfler, et je m'abandonnai à mes réflexions qui, toute la nuit, ne me laissèrent pas fermer l'œil même une minute.

Au matin on vint m'appeler de la part de Pougatchov. J'allai chez lui. À la porte se tenait une kibitka, attelée de trois chevaux tatares. La population se pressait dans la rue. Dans le vestibule je rencontrai Pougatchov. Il était en tenue de voyage, en pelisse et bonnet kirghize. Les convives de la veille l'entouraient, prenant un air de servilité qui faisait un violent contraste avec tout ce dont j'avais été témoin. Pougatchov me dit un joyeux bonjour et me fit asseoir avec lui dans la kibitka.

Nous nous installâmes. « Au fort de Biélogorsk ! » dit Pougatchov au Tatare aux larges épaules qui conduisait debout la troïka. Mon cœur se mit à battre violemment. Les chevaux s'ébranlèrent, la clochette tinta et la kibitka partit comme une flèche.

« Halte ! halte ! » cria une voix qui m'était trop connue ; et je vis Savélitch qui accourait vers nous. Pougatchov donna l'ordre d'arrêter.

– Mon bon maître Pierre Andréitch, criait mon diadka. Ne m'abandonne pas en ma vieillesse au milieu de ces bri...

– Ah, vieux débris ! lui dit Pougatchov. Dieu nous a encore donné de nous revoir. Allons, assieds-toi sur le siège !

– Merci, seigneur, merci, père ! dit Savélitch en s'installant. Que Dieu te donne cent années d'heureuse santé pour avoir recueilli et rassuré le vieux que je suis. Toute ma vie je prierai Dieu pour toi, et quant au touloupe de lièvre, je n'en soufflerai plus mot.

Ce touloupe de lièvre pouvait à la fin irriter pour de bon Pougatchov. Par bonheur, l'usurpateur ou n'entendit pas, ou méprisa cette allusion déplacée. Les chevaux prirent le galop ; les gens dans la rue s'arrêtaient et s'inclinaient jusqu'à la ceinture. Pougatchov saluait de la tête à droite et à gauche. Une minute après nous sortîmes du bourg et galopâmes sur la route toute lisse.

On peut facilement s'imaginer ce que j'éprouvais en ce moment. Dans quelques heures je devais revoir celle que je jugeais déjà perdue pour moi. Je m'imaginais l'instant de nos retrouvailles. Je songeais aussi à cet homme, dans les mains duquel se trouvait mon destin, et qui, par un étrange concours de circonstances, était mystérieusement lié à moi. Je me souvenais de sa cruauté sans frein, des habitudes sanguinaires de celui qui s'offrait à être le sauveur de ma bien-aimée. Pougatchov ne savait pas qu'elle était la fille du capitaine Mironov ; Chvabrine dans son irritation pouvait tout lui découvrir ; Pougatchov pouvait apprendre la vérité aussi d'une autre façon : qu'adviendrait-il alors de Maria Ivanovna ? Un frisson glacé me parcourut le corps, et mes cheveux se dressèrent.

Soudain Pougatchov interrompit mes réflexions en m'adressant cette question :

– À quoi daignes-tu songer, Votre Noblesse ?

– Comment ne pas songer ? lui répondis-je. Je suis officier et noble. Hier encore je me battais contre toi et aujourd'hui je vais avec toi dans la même kibitka et le bonheur de ma vie dépend de toi.

– Eh bien, quoi ? demanda Pougatchov, cela t'effraie ?

Je répondis qu'après avoir déjà été une fois gracié par lui, je comptais non seulement sur sa clémence mais aussi sur son aide.

– Et tu as raison, par Dieu, tu as raison ! dit l'usurpateur. Tu as vu que mes gars te regardaient de travers ; le vieux aujourd'hui encore m'a répété avec insistance que tu étais un espion, et qu'il fallait te mettre à la question et te pendre. Mais je n'y ai pas consenti, ajouta-t-il, en baissant la voix pour que Savélitch et le Tatare ne puissent l'entendre, en souvenir de ton verre de vodka et de ton touloupe de lièvre. Tu vois que je ne suis pas encore le buveur de sang dont parlent les tiens.

Je me souvins de la prise de Biélogorsk, mais je ne jugeai pas nécessaire de le contredire et je ne répondis pas un mot.

– Que dit-on de moi à Orenbourg ? demanda Pougatchov, après un court silence.

– Mais on dit qu'il est assez difficile de venir à bout de toi. Il n'y a pas à dire : tu as fait voir qui tu étais.

Le visage de l'usurpateur manifesta une vanité satisfaite.

« Mais oui ! dit-il d'un air joyeux. Je fais admirablement la guerre ! Connaît-on à Orenbourg la bataille de Iouzeievaïa ? Quarante généraux tués, quatre armées faites prisonnières. Qu'en penses-tu ? Le roi de Prusse pourrait-il se mesurer avec moi ? »

La vantardise du brigand me parut comique.

– Toi-même, qu'en penses-tu ? lui dis-je. Aurais-tu raison de Frédéric ?

– De Feodor Féodorovitch ? Et pourquoi pas ? Je mets bien à la raison vos généraux. Or, ceux-ci l'ont souvent battu. Jusqu'à ce jour mes armes ont été heureuses. Laisse-moi le temps, on en verra bien d'autres, lorsque je marcherai sur Moscou.

– Et tu te proposes de marcher sur Moscou ?

L'usurpateur devint songeur un instant et dit à mi-voix : « Dieu seul le sait ! Je n'ai pas les coudées franches. J'ai peu de liberté d'agir. Mes gaillards font les malins. Ce sont des voleurs. Je dois me tenir sur mes gardes ; au premier insuccès ils sauveront leur cou de la corde au prix de ma tête. »

– C'est bien cela ! dis-je à Pougatchov. Ne serait-il pas mieux pour toi de les abandonner le premier, au bon moment, et d'implorer la grâce de la Souveraine ?

Pougatchov eut un sourire amer. « Non, répondit-il. Il est trop tard pour me repentir. Pour moi il n'y aura pas de miséricorde. Je continuerai comme j'ai commencé. Qui sait ? Peut-être aussi réussirai-je ! Grichka Otrepiev a bien régné sur Moscou.

– Mais sais-tu comment il a fini ? On l'a jeté par la fenêtre, dépecé, brûlé, on a chargé de sa cendre un canon et tiré !

– Écoute, dit Pougatchov, avec une sorte d'inspiration sauvage. Je vais te conter un conte, que dans mon enfance j'ai entendu d'une vieille Kalmouke. Un jour l'aigle demanda au corbeau : « Dis-moi, oiseau corbeau, pourquoi vis-tu sous le soleil trois cents ans et moi trente-trois seulement en tout et pour tout ? – C'est parce que toi, mon cher, répondit le corbeau, tu bois du sang frais, tandis que moi je me nourris de charogne. » L'aigle réfléchit : « Allons, essayons nous aussi de nous nourrir de même. » Bon. L'aigle et le corbeau prirent leur vol. Et voilà qu'ils aperçurent un cheval crevé. Ils descendirent et se posèrent. Le corbeau se mit à becqueter et à louer la pitance. L'aigle donna un premier coup de bec, en donna un second, battit de l'aile et dit au corbeau : « Non, frère corbeau ; plutôt que de me nourrir trois cents ans de charogne, je préfère me gorger une seule fois de sang frais ; et puis, à la grâce de Dieu ! » Que dis-tu de ce conte kalmouk ?

– Il est ingénieux, lui répondis-je. Mais vivre de meurtre et de brigandage, c'est pour moi becqueter de la charogne.

Pougatchov me regarda avec étonnement et ne répondit rien. Nous nous tûmes tous les deux, chacun plongé dans ses réflexions. Le Tatare entonna une chanson plaintive ; Savélitch, sommeillant, vacillait sur le siège. La kibitka volait sur la route d'hiver toute lisse. Soudain je vis le petit village, sur la rive escarpée du Yaïk, avec sa palissade et son clocher, et un quart d'heure après nous entrions dans le fort de Biélogorsk.

CHAPITRE XII

L'ORPHELINE

> Comme notre pommier
> N'a ni faîte ni branches,
> Notre belle princesse
> N'a ni père ni mère.
> Pour la parer, personne.
> Pour la bénir, personne.
> Chanson de noces.

La kibitka arriva devant le perron de la maison du commandant. Le peuple avait reconnu la clochette de Pougatchov et courait en foule derrière nous. Chvabrine accueillit l'usurpateur sur le perron. Il était habillé à la cosaque et avait laissé pousser sa barbe. Le traître aida Pougatchov à descendre de la kibitka, en lui manifestant par de basses paroles sa joie et son empressement. En me voyant, il se troubla, mais se ressaisit rapidement, et me tendit la main en disant : « Toi aussi tu es des nôtres ! Tu aurais dû l'être depuis longtemps ! » Je me détournai et ne lui répondis rien.

J'eus le cœur serré, lorsque nous nous trouvâmes dans la pièce depuis longtemps familière, où pendait encore au mur le diplôme du défunt commandant, comme une lugubre épitaphe rappelant le temps passé. Pougatchov s'assit sur le même divan où si souvent sommeillait Ivan Kouzmitch, assoupi par les propos bougons de sa femme. Chvabrine lui servit lui-même de la vodka. Pougatchov en vida un verre et lui dit en me montrant : « Sers aussi Sa Noblesse. » Chvabrine s'approcha de moi avec son plateau, mais pour la seconde fois je me détournai de lui. Il semblait avoir perdu la tête. Avec son flair ordinaire, il devinait évidemment que Pougatchov était mécontent de lui. Il avait peur devant lui, et me regardait avec méfiance. Pougatchov s'informa de l'état du fort, des bruits qui couraient sur les troupes ennemies et autres sujets semblables, et soudain il lui demanda à brûle-pourpoint : « Dis-moi, mon ami, quelle est donc cette jeune fille que tu tiens enfermée chez toi ? Montre-la-moi donc ! »

Chvabrine devint pâle comme un mort. « Seigneur, dit-il d'une voix tremblante... Seigneur, elle n'est pas enfermée, elle est malade, elle est couchée dans sa chambre. »

– Conduis-moi auprès d'elle, dit l'usurpateur en se levant.

Impossible de se dérober. Chvabrine conduisit Pougatchov dans la chambre de Maria Ivanovna. Je les suivis.

Chvabrine s'arrêta sur l'escalier.

« Seigneur, dit-il, vous êtes le maître d'exiger de moi ce qu'il vous plaît. Mais ne permettez pas à un étranger d'entrer dans la chambre à coucher de ma femme. »

Je frémis.

– Ainsi tu es marié ? dis-je à Chvabrine, en m'apprêtant à le mettre en pièces.

– Tout doux ! dit Pougatchov en m'interrompant. Ceci est mon affaire. Quant à toi, continua-t-il, en se tournant vers Chvabrine, pas de raisons et pas de simagrées. Qu'elle soit ta femme ou non, je mène, moi, chez elle qui je veux. Votre Noblesse, suis-moi.

À la porte de la chambre Chvabrine s'arrêta de nouveau et dit d'une voix entrecoupée :

– Seigneur, je vous préviens qu'elle est dans un accès de fièvre chaude et voici le troisième jour qu'elle délire sans trêve.

– Ouvre ! dit Pougatchov.

Chvabrine se mit à fouiller dans ses poches et dit qu'il n'avait pas la clef sur lui. Pougatchov donna un coup de pied dans la porte : la serrure sauta, la porte s'ouvrit et nous entrâmes.

Je regardai et faillis perdre connaissance. Sur le plancher, dans un accoutrement de paysanne, tout en loques, était assise Maria Ivanovna, pâle, amaigrie, les cheveux en désordre. Devant elle il y avait un pot à eau, que bouchait un morceau de pain. À ma vue, elle tressaillit et se mit à crier. Ce qui m'arriva alors, je ne m'en souviens plus.

Pougatchov regarda Chvabrine et lui dit avec un rire amer : « Elle est jolie ton infirmerie ! » Puis il s'approcha de Maria Ivanovna. « Dis-moi, mignonne, pourquoi ton mari te punit-il ? De quoi es-tu coupable envers lui ? »

– Mon mari ! répéta-t-elle. Il n'est pas mon mari. Je ne serai jamais sa femme. J'ai résolu de mourir plutôt, et je mourrai, si on ne me délivre pas.

Pougatchov jeta un regard menaçant sur Chvabrine.

« Et tu as eu le front de me tromper ! lui dit-il. Sais-tu, vaurien, ce que tu mérites ? »

Chvabrine tomba à genoux... À cette minute le mépris étouffa en moi tout sentiment de haine et de colère. C'est avec dégoût que je regardais ce noble se traîner aux pieds d'un cosaque déserteur. Pougatchov se radoucit.

« Je te pardonne pour cette fois, dit-il à Chvabrine, mais sache qu'à ta première faute je te revaudrai celle-ci ! » Puis il se tourna vers Maria Ivanovna et lui dit d'une voix caressante : « Sors, belle enfant ; je te fais don de la liberté. Je suis le Souverain. »

Maria Ivanovna lui jeta un regard rapide et devina qu'elle avait devant elle le meurtrier de ses parents. Elle couvrit son visage de ses deux mains et tomba inanimée. Je me précipitai vers elle. Mais à cet instant se faufila dans la chambre ma vieille connaissance Palachka qui se mit à s'empresser auprès de sa maîtresse. Pougatchov sortit de la pièce et tous trois nous descendîmes au salon.

– Eh bien, Votre Noblesse ? dit Pougatchov en riant. Nous avons délivré la belle enfant. Quel est ton avis ? Ne faut-il pas envoyer chercher le pope et lui faire procéder au mariage de sa nièce ? Je serai ton parrain de mariage, Chvabrine sera ton garçon d'honneur. Nous ferons la fête, nous boirons à portes fermées.

Ce que je redoutais arriva. Chvabrine, en entendant la proposition de Pougatchov, éclata.

– Seigneur, cria-t-il hors de lui. Je suis coupable, je vous ai menti, mais Griniov lui aussi cherche à vous tromper. – Cette jeune fille n'est pas la nièce du pope d'ici. C'est la fille d'Ivan Mironov, qui a été exécuté à la prise du fort.

Pougatchov fixa sur moi ses yeux de feu.

– Qu'est-ce encore ? me demanda-t-il, interdit.

– Chvabrine t'a dit la vérité, lui répondis-je avec fermeté.

– Tu ne me l'avais pas dite, remarqua Pougatchov, dont le visage s'assombrit.

– Juge toi-même, lui répondis-je, était-il possible devant tes gens de déclarer que la fille de Mironov était vivante ? Mais ils l'auraient déchirée à belles dents. Rien ne l'aurait sauvée !

– Et c'est vrai, dit en riant Pougatchov. Mes ivrognes n'auraient pas épargné la pauvre fille. Elle a bien fait, la commère-popesse, de les tromper.

– Écoute, continuai-je, en voyant ses bonnes dispositions. Je ne sais pas quel nom te donner, et ne veux pas le savoir. Mais Dieu m'est témoin que je serais heureux de donner ma vie pour payer ce que tu viens de faire pour moi. Seulement n'exige pas ce qui serait contraire à mon honneur et à ma conscience chrétienne. Tu es mon bienfaiteur. Achève comme tu as commencé : laisse-moi partir avec la pauvre orpheline où Dieu nous conduira. Et nous, où que tu sois, quoi qu'il t'arrive, chaque jour nous prierons Dieu pour le salut de ton âme pécheresse...

L'âme rude de Pougatchov parut touchée. « Eh bien, qu'il soit fait selon ton désir ! dit-il. Si l'on châtie, qu'on châtie, si l'on fait grâce, qu'on fasse grâce : telle est mon habitude. Prends avec toi ta belle, conduis-la où tu veux et que Dieu vous donne amour et concorde ! »

Il se tourna alors vers Chvabrine et lui donna l'ordre de me donner un sauf-conduit pour tous les postes et tous les forts en son pouvoir. Chvabrine, complètement anéanti, restait planté comme pétrifié. Pougatchov partit inspecter le fort. Chvabrine l'accompagna. Et moi je restai sous prétexte de me préparer au départ.

Je courus dans la chambre. Les portes étaient fermées. Je frappai. « Qui est là ? » demanda Palachka. Je me nommai. La chère et douce voix de Maria Ivanovna se fit entendre de derrière la porte : « Attendez, Pierre Andréitch. Je change de vêtement. Allez chez Akoulina Pamphilovna : j'y serai tout de suite. »

J'obéis et allai chez le père Guérassime. La popesse et lui accoururent à ma rencontre. Savélitch les avait déjà prévenus.

– Bonjour, Pierre Andréitch, dit la popesse. Dieu nous a donné de nous revoir une nouvelle fois. Comment allez-vous ? Nous, nous parlions chaque jour de vous. Quant à Maria Ivanovna, elle a subi toutes les douleurs sans vous, la chère petite ! Mais dites, père, comment avez-vous pu vous entendre avec Pougatchov ? Comment ne vous a-t-il pas zigouillé ? Parfait ! Nous devons un merci à ce bandit au moins pour cela.

– Assez, la vieille ! dit le père Guérassime en l'interrompant. Ne bavarde pas toujours sur ce que tu sais. À trop parler point de salut. Cher Pierre Andréitch, entrez, nous vous en prions. Voilà longtemps, longtemps qu'on ne s'était vus.

La popesse se mit à me traiter à la fortune du pot et cependant continuait à bavarder sans trêve. Elle me raconta comment Chvabrine les avait forcés à lui livrer Maria Ivanovna; comment Maria Ivanovna pleurait et ne voulait pas se séparer d'eux; comment Maria Ivanovna communiquait toujours avec eux par l'intermédiaire de Palachka (une fille délurée, qui mène le sous-officier cosaque par le bout du nez); comment elle avait conseillé à Maria Ivanovna de m'écrire, etc. À mon tour je lui racontai brièvement mon histoire. Le pope et la popesse se signèrent en apprenant que Pougatchov connaissait leur subterfuge. « Que Dieu nous protège! dit Akoulina Pamphilovna. Que Dieu détourne l'orage! Ah, vraiment, cet Alexis Ivanytch, il n'y a pas à dire, quel vilain oiseau! » À cet instant même la porte s'ouvrit, et Maria Ivanovna entra avec un sourire sur son pâle visage. Elle avait quitté son vêtement de paysanne et elle était habillée comme auparavant, simplement et gentiment.

Je saisis sa main et pendant longtemps ne pus proférer un seul mot. Tous deux nous étions silencieux, le cœur trop plein. Nos hôtes sentirent qu'ils étaient importuns et nous laissèrent. Nous restâmes seuls. Tout était oublié. Nous parlions et ne pouvions nous rassasier de parler. Maria Ivanovna me raconta tout ce qui lui était arrivé depuis la prise du fort. Elle me décrivit toute l'horreur de sa situation, tous les tourments auxquels l'avait soumise l'infâme Chvabrine. Nous nous rappelâmes les jours heureux d'autrefois... Et tous deux nous pleurions... Enfin je me mis à lui exposer mes projets. Rester dans un fort aux mains de Pougatchov et commandé par Chvabrine, elle ne le pouvait. Il était impossible aussi de songer à Orenbourg, qui subissait toutes les horreurs d'un blocus. Elle n'avait plus un seul parent au monde. Je lui proposai d'aller auprès des miens dans leur village. D'abord elle hésita : les mauvaises dispositions de mon père à son égard, qu'elle connaissait, l'effrayèrent. Je la rassurai. Je savais que mon père jugerait un honneur et se ferait un devoir d'accueillir la fille d'un valeureux soldat, mort pour sa patrie. « Chère Maria Ivanovna! dis-je enfin : je te considère comme ma femme. De miraculeuses circonstances nous ont unis indissolublement; rien au monde ne peut nous séparer. » Maria Ivanovna m'écouta simplement, sans gêne affectée, sans s'ingénier à trouver des raisons de refus. Elle sentait que sa destinée était liée à la mienne. Mais elle me répéta qu'elle ne serait ma femme que si mes parents y consentaient. Je ne la contredis pas. Nous nous embrassâmes passionnément, sincèrement – et c'est ainsi que tout fut décidé entre nous.

Une heure après le sous-officier m'apporta le sauf-conduit, signé des pattes de mouche de Pougatchov, et me dit que celui-ci me mandait auprès de lui. Je le trouvai prêt à se mettre en route. Je ne peux expliquer ce que j'éprouvais en me séparant de cet homme effrayant, ce monstre et ce scélérat aux yeux de tous, sauf aux miens. Pourquoi ne pas dire la vérité ? À cette minute une forte sympathie m'attirait vers lui. Je désirais ardemment l'arracher au milieu de scélérats dont il était le chef et sauver sa tête pendant qu'il était temps encore. Chvabrine et la foule qui se pressait autour de nous m'empêchèrent de lui exprimer tout ce dont mon cœur était plein.

Nous nous quittâmes en amis. Pougatchov, en voyant dans la foule Akoulina Pamphilovna, la menaça du doigt et cligna de l'œil d'un air entendu. Puis il prit place dans sa kibitka, donna l'ordre d'aller à Berda, et lorsque les chevaux s'ébranlèrent, il passa encore une fois la tête hors de la kibitka et me cria : « Adieu, Votre Noblesse ! Peut-être nous reverrons-nous un jour ! » Nous nous revîmes en effet, mais dans quelles circonstances !

Pougatchov était parti. Longtemps je regardai la steppe blanche, sur laquelle courait sa troïka. La foule s'était dispersée. Chvabrine avait disparu. Je revins à la maison du pope. Tout était prêt pour notre départ. Je ne voulais pas m'attarder davantage. Tout notre avoir avait été chargé sur la vieille voiture du commandant. Les postillons, en un clin d'œil, attelèrent les chevaux. Maria Ivanovna alla dire adieu aux tombes de ses parents, enterrés derrière l'église. Je voulais l'accompagner, mais elle me pria de la laisser seule. Quelques minutes après elle revint, ruisselante de larmes silencieuses. On avança la voiture. Le père Guérassime et sa femme sortirent sur le perron. Nous prîmes place dans la kibitka à trois : Maria Ivanovna, Palachka et moi. Savélitch se jucha sur le siège. « Adieu, Maria Ivanovna, ma chérie ! Adieu, Pierre Andréitch, notre brillant faucon ! dit la bonne popesse. Bon voyage ! Et que Dieu vous donne à tous deux du bonheur ! »

Nous partîmes. À la petite fenêtre de la maison du commandant je vis Chvabrine, debout. Son visage avait une expression de haine sombre. Je ne voulais pas triompher d'un ennemi anéanti et je tournai mes yeux d'un autre côté. Enfin nous franchîmes les portes du fort et pour toujours nous quittâmes Biélogorsk.

CHAPITRE XIII

L'ARRESTATION

*Ne vous irritez pas, cher Monsieur : mon devoir
Est de vous envoyer sur-le-champ dans la geôle.
– Faites donc, je suis prêt ; mais je nourris l'espoir
Que je pourrai d'abord vous expliquer mon rôle.*

KNIAJNINE.

Après avoir été réuni d'une façon aussi inattendue avec la jeune fille aimée dont le sort, ce matin encore, m'inspirait tant de tourments, je ne pouvais croire à moi-même et je m'imaginais que mon aventure était un vrai songe. Maria Ivanovna, pensive, tantôt me regardait, tantôt regardait la route. Elle n'avait pas encore réussi, semblait-il, à reprendre ses esprits et à revenir entièrement à elle. Nous nous taisions. Nos cœurs étaient trop épuisés. Sans nous en apercevoir, nous nous trouvâmes, deux heures après, dans le fort voisin, tombé, lui aussi, aux mains de Pougatchov. Nous y changeâmes de chevaux. À la rapidité avec laquelle on les attela, et à la prévenance empressée du cosaque barbu élevé par Pougatchov à la dignité de commandant, je vis que grâce au bavardage du postillon qui nous avait conduits, on me prenait pour un favori de l'entourage du maître.

Nous partîmes plus loin. Il commençait à faire sombre. Nous approchions d'une petite ville, où, d'après les dires du commandant barbu, se trouvait un fort détachement, qui allait rejoindre l'usurpateur. Nous fûmes arrêtés par des sentinelles. À leur question : « Qui va là ? », le postillon répondit d'une voix retentissante : « Le compère du Souverain avec sa femme ! » Soudain une foule de hussards nous entoura avec d'affreux jurons. « Descends, compère du diable ! me dit un maréchal des logis moustachu. Vous allez attraper une bonne volée, ta femme et toi ! »

Je sortis de la kibitka et exigeai qu'on me conduisît vers le chef. En voyant un officier, les soldats cessèrent leurs injures. Le maréchal des logis me conduisit chez le major. Savélitch ne me quittait pas, en répétant tout bas : « Compère du Souverain, tu vas voir ! Ça va de mal en pis... Seigneur Dieu ! Comment tout cela finira-t-il ? » La kibitka nous suivait au pas.

Cinq minutes après nous arrivâmes à une petite maison, vivement éclairée. Le maréchal des logis me laissa au poste et alla m'annoncer. Il revint aussitôt et me déclara que Sa Haute Noblesse n'avait pas le temps de me recevoir, mais qu'elle avait donné l'ordre de me conduire à la prison, et de lui amener la femme.

– Qu'est-ce que cela veut dire ? m'écriai-je dans un accès de rage. Serait-il fou, ce major ?

– Je ne puis savoir, Votre Noblesse, répondit le maréchal des logis. Seulement Sa Haute Noblesse a donné l'ordre d'emmener en prison Votre Noblesse, et de conduire Madame Sa Noblesse à Sa Haute Noblesse, Votre Noblesse !

Je m'élançai sur le perron. Les hommes de garde ne songèrent pas à me retenir, et je courus tout droit vers la pièce, où six officiers de hussards jouaient à la banque. Le major taillait. Quelle fut ma stupéfaction, lorsque, après avoir jeté un regard sur lui, je reconnus Ivan Ivanovitch Zourine, qui m'avait autrefois décavé à l'auberge de Simbirsk.

– Est-ce possible ? m'écriai-je. Ivan Ivanytch ! Est-ce bien toi ?

– Ah ! par exemple, Pierre Andréitch ! Par quel hasard ? D'où sors-tu ? Bonjour, frère. Ne veux-tu pas ponter ?

– Merci. Donne plutôt l'ordre de me trouver un logement.

– Quel logement ? Reste chez moi.

– Je ne peux pas : je ne suis pas seul.

– Eh bien, amène aussi ton camarade.

– Je ne suis pas avec un camarade : je suis avec une dame.

– Avec une dame ! Où l'as-tu donc raccrochée ? Eh, eh ! frère ! (À ces mots Zourine se mit à siffler de telle façon que tous éclatèrent de rire et que je fus complètement troublé.) Eh bien, continua Zourine, il sera fait selon ton désir. Tu auras un logement. Mais c'est dommage... Nous aurions fait un peu la noce comme autrefois... Eh ! mon bon ! Mais pourquoi donc ne m'amène-t-on pas ici la commère de Pougatchov ? Serait-elle rétive ? Qu'on lui dise de ne pas avoir peur ; il est très bien le maître, dis-lui, il ne te fera aucun mal – et puis qu'on tape dessus de la bonne façon.

– Que dis-tu là ? demandai-je à Zourine. De quelle commère de Pougatchov s'agit-il ? C'est la fille de feu le capitaine Mironov. Je l'ai tirée de captivité et je la conduis jusqu'au village de mon père où je la laisserai.

– Comment ? C'est donc toi qu'on était venu m'annoncer tout à l'heure ! Mais de grâce, qu'est-ce que cela signifie ?

– Je te raconterai tout plus tard. Mais maintenant, au nom du Ciel, tranquillise la pauvre jeune fille que tes hussards ont épouvantée.

Zourine donna aussitôt les ordres nécessaires. Il sortit lui-même dans la rue s'excuser auprès de Maria Ivanovna de la méprise involontaire et ordonna au maréchal des logis de lui assigner le meilleur logement de la ville. Pour moi je restai pour la nuit chez Zourine.

Nous soupâmes et lorsque nous fûmes tous les deux seuls, je lui racontai mes aventures. Zourine m'écoutait avec grande attention. Lorsque j'eus fini, il secoua la tête et dit : « Tout ça est bien, frère ; une seule chose cependant ne l'est pas ! Pourquoi le diable te pousse-t-il au mariage ? Pour moi, officier et homme d'honneur, je ne voudrais pas t'induire en erreur. Crois-moi donc : le mariage est une folie. Pourquoi te mettre une femme sur le dos et faire la bonne d'enfants avec des marmots. Ah, pouah ! Écoute-moi : romps avec la fille du capitaine. J'ai nettoyé la route de Simbirsk : elle est sûre. Envoie donc seule la jeune fille dès demain à tes parents, et reste auprès de moi dans mon détachement. Tu n'as pas de raison de revenir à Orenbourg. Si tu tombais de nouveau dans les mains des rebelles, tu aurais peu de chances de t'en tirer une seconde fois. De cette façon ta folie amoureuse passera d'elle-même et tout ira bien. »

Quoique je ne fusse pas entièrement de son avis, je sentais cependant que mon devoir et l'honneur exigeaient ma présence parmi les troupes de l'Impératrice. Je résolus de suivre le conseil de Zourine : envoyer Maria Ivanovna dans mon village, et rester dans son détachement.

Savélitch vint me déshabiller ; je lui déclarai qu'il devait être prêt, dès le lendemain, à se mettre en route avec Maria Ivanovna. Il allait faire le récalcitrant... « Que dis-tu là, maître ? Comment donc pourrais-je te laisser ? Qui te soignerait ? Que diraient tes parents ? »

Connaissant l'entêtement de mon diadka, je me décidai à le convaincre par la douceur et la sincérité.

– Mon ami, Archip Savélitch, lui dis-je : ne refuse pas, sois mon bienfaiteur. Je n'aurai pas besoin de tes services, et je ne serais pas tranquille si Maria Ivanovna se mettait en route sans toi. En la servant, c'est moi aussi que tu sers, car je suis fermement résolu, aussitôt que les circonstances le permettront, à l'épouser.

Savélitch leva les bras au ciel dans un geste d'étonnement indescriptible.

– L'épouser ! répéta-t-il. L'enfant veut l'épouser. Mais que dira notre maître, et notre maîtresse, que pensera-t-elle ?

– Ils consentiront, sûrement ils consentiront, répondis-je, lorsqu'ils connaîtront Maria Ivanovna. Je compte aussi sur toi. Mon père et ma mère ont confiance en toi ; tu intercéderas pour nous, n'est-ce pas ?

Le vieillard fut touché.

« Oh, mon bon maître Pierre Andréitch ! répondit-il. Quoique tu songes un peu tôt à te marier, Maria Ivanovna, en revanche, est une si bonne demoiselle, que ce serait péché de laisser échapper l'occasion. Qu'il soit donc fait suivant ton désir ! Je l'accompagnerai, cet ange de Dieu, et je rapporterai, en bon serviteur, à tes parents, qu'une telle fiancée n'a pas besoin de dot. »

Je remerciai Savélitch et me couchai dans la même chambre que Zourine. Excité et troublé je bavardai sans trêve. Zourine causa d'abord volontiers avec moi, mais peu à peu ses propos devinrent plus rares et moins cohérents ; enfin, en guise de réponse à une de mes questions, j'entendis un ronflement et le sifflement de sa respiration. Je me tus et bientôt suivis son exemple.

Le lendemain matin, j'allai chez Maria Ivanovna. Je lui fis part de mes projets. Elle reconnut leur sagesse et tout de suite fut d'accord avec moi. Le détachement de Zourine devait quitter la ville le jour même. Il n'y avait pas à tarder. Je me séparai aussitôt de Maria Ivanovna, après l'avoir confiée à Savélitch et lui avoir remis une lettre pour mes parents. Maria Ivanovna se mit à pleurer. « Adieu, Pierre Andréitch, me dit-elle d'une voix douce. Nous reverrons-nous ou non, Dieu seul le sait ; mais jamais je ne vous oublierai ; jusqu'à la tombe, toi seul resteras dans mon cœur. » Je ne pouvais rien répondre. Des étrangers nous entouraient. En leur présence, je ne voulais pas m'abandonner aux sentiments qui m'agitaient... Enfin elle partit. Je revins auprès de Zourine, triste et silencieux. Il voulait me dérider, et moi je songeais à me distraire : nous passâmes une journée de fête bruyante, et le soir nous partîmes en campagne.

C'était à la fin de février. L'hiver, qui avait rendu difficiles les opérations militaires, s'achevait, et nos généraux se préparaient à une action commune. Pougatchov était toujours campé sous les murs d'Orenbourg. Entre-temps nos différents détachements se réunissaient autour de lui et de tous côtés s'approchaient du repaire des scélérats. Les villages révoltés, à la vue de nos troupes, faisaient leur soumission ; les bandes des brigands fuyaient partout loin de nous, et tout laissait prévoir une issue rapide et heureuse. Bientôt le prince Golitsyne, sous les murs du fort Tatichtchev, tailla en pièces Pougatchov, dispersa ses hordes, délivra Orenbourg et, semblait-il, porta à la révolte le dernier coup décisif. Zourine avait été détaché à cette époque contre une bande de Bachkirs soulevés, qui s'étaient dispersés avant même que nous ayons pu les apercevoir. Le printemps nous arrêta dans un petit village tatare. Les rivières avaient débordé et les chemins étaient devenus infranchissables. Nous nous consolions dans notre inaction à la pensée que finirait bientôt cette ennuyeuse guerre de détail avec des brigands et des sauvages.

Mais Pougatchov n'avait pas été pris. Il fit son apparition dans les usines de Sibérie, y réunit de nouvelles bandes et recommença ses méfaits. Le bruit de ses succès se répandit de nouveau. Nous apprîmes la destruction des forts sibériens. Bientôt la nouvelle de la prise de Kazan et de la marche de l'usurpateur sur Moscou alarma nos chefs qui somnolaient dans l'insouciance, comptant sur l'impuissance du rebelle méprisé. Zourine reçut l'ordre de passer la Volga.

Je ne décrirai pas notre campagne et la fin de la guerre. Je dirai en quelques mots que la misère était à son comble. Il n'y avait plus de gouvernement nulle part. Les propriétaires nobles se cachaient dans les forêts. Des bandes de brigands commettaient partout leurs méfaits ; les chefs de détachements isolés punissaient et graciaient à leur guise ; la situation de toute l'immense contrée où se déchaînait l'incendie était épouvantable : que Dieu nous garde de voir une révolte à la russe, absurde et sans merci !

Pougatchov était en fuite, poursuivi par Ivan Ivanovitch Mikhelson. Bientôt nous apprîmes sa défaite complète. Enfin Zourine reçut la nouvelle que l'usurpateur avait été pris et en même temps l'ordre de s'arrêter. La guerre était finie. Il m'était enfin possible d'aller chez mes parents. La pensée de les embrasser, de voir Maria Ivanovna, dont je n'avais aucune nouvelle, me transportait d'enthousiasme. Je sautais comme un enfant. Zourine riait et disait en haussant les épaules : « Non ! il t'arrivera malheur ! Si tu te maries, tu es perdu, et pour rien ! »

Mais cependant un étrange sentiment empoisonnait ma joie : la pensée du scélérat éclaboussé du sang de tant de victimes innocentes, et du châtiment qui l'attendait, m'alarmait involontairement : « Émelian ! Émelian ! pensais-je avec dépit. Pourquoi ne t'es-tu pas jeté sur une baïonnette, ou n'es-tu pas tombé sous un coup de mitraille ? Tu n'aurais rien pu imaginer de mieux. » Que voulez-vous ? Je ne pouvais penser à lui sans penser à la grâce qu'il m'avait accordée à l'une des plus terribles minutes de ma vie, et à la délivrance de ma fiancée des mains de l'infâme Chvabrine.

Zourine m'accorda un congé. Dans quelques jours je devais me retrouver au sein de ma famille et revoir ma Maria Ivanovna... Soudain une menace inattendue s'abattit sur moi.

Le jour fixé pour mon départ, à la minute même où je m'apprêtais à me mettre en route, Zourine entra dans mon isba, tenant en ses mains un papier, l'air extraordinairement soucieux. Je ressentis un coup au cœur. J'eus peur, sans savoir pourquoi. Zourine renvoya mon ordonnance et me déclara qu'il avait une affaire me concernant. « Qu'est-ce ? » lui demandai-je avec inquiétude. « Un petit désagrément, répondit-il, en me tendant le papier. Lis ce que je viens de recevoir. » Je me mis à le lire : c'était un ordre secret pour tous les chefs de détachements isolés de m'arrêter en tous lieux, et de m'envoyer immédiatement, sous bonne garde, à Kazan, à la commission d'enquête instituée pour l'affaire Pougatchov.

C'est tout juste si le papier ne me tomba pas des mains. « Rien à faire ! dit Zourine. Mon devoir est d'obéir à l'ordre. Vraisemblablement, le bruit de tes voyages amicaux avec Pougatchov est parvenu de quelque façon jusqu'au gouvernement. J'espère que la chose n'aura aucune conséquence et que tu te justifieras devant la commission. Ne perds pas courage et pars. » Ma conscience était pure ; je ne craignais pas d'être jugé ; mais l'idée de retarder la minute d'une douce entrevue, peut-être pour quelques mois encore, m'épouvantait. La télègue était prête. On m'y fit monter. Deux hussards, sabre au clair, s'y installèrent avec moi et je partis par la grand-route.

CHAPITRE XIV

LE JUGEMENT

> Les rumeurs de ce monde,
> Aussi vaines que l'onde.
> Proverbe.

J'étais convaincu que la cause de tout cela était mon absence sans autorisation d'Orenbourg. Je pouvais facilement me disculper. Les sorties à cheval contre l'ennemi non seulement n'avaient jamais été interdites mais tout au contraire fortement encouragées. Je pouvais être accusé d'un excès de témérité, mais non de désobéissance. Cependant mes relations amicales avec Pougatchov pouvaient être prouvées par une foule de témoins et devaient paraître pour le moins fort suspectes. Pendant toute la route je réfléchis aux interrogatoires qui m'attendaient, méditai mes réponses et résolus de déclarer toute la vérité devant le tribunal, estimant que c'était le moyen le plus simple et le plus sûr de me justifier.

J'arrivai à Kazan, dans une ville ravagée et incendiée. Le long des rues, sur l'emplacement des maisons, s'étalaient des amas de poutres calcinées, se dressaient des murs noircis par la fumée, sans toits ni fenêtres. Telles étaient les traces laissées par Pougatchov! On me conduisit à la citadelle, restée intacte au milieu de la ville incendiée. Les hussards me remirent à l'officier de garde. Il fit appeler un forgeron. On me mit les fers aux pieds et on les riva hermétiquement. Ensuite on me conduisit en prison et on me laissa seul dans une cellule étroite et sombre, aux murs nus, avec une petite fenêtre fermée par une grille de fer.

Un pareil début ne me présageait rien de bon. Cependant je ne perdais ni courage ni espoir. J'eus recours à la consolation de tous les affligés et, après avoir pour la première fois goûté la douceur de la prière, s'exhalant d'un cœur pur mais déchiré, je m'endormis tranquillement, sans me soucier de ce qu'il adviendrait de moi.

Le lendemain le gardien de la prison me réveilla en m'annonçant qu'on m'appelait à la commission. Deux soldats me conduisirent à travers une cour à la maison du commandant, s'arrêtèrent dans l'antichambre et me firent pénétrer seul à l'intérieur.

J'entrai dans une salle assez vaste. À une table couverte de papiers étaient assis deux hommes : un général, avancé en âge, à l'aspect sévère et glacial, et un jeune capitaine de la garde, de vingt-huit ans environ, à l'extérieur fort agréable, d'allure souple et dégagée. Près de la fenêtre, à une table séparée, était assis le secrétaire, une plume à l'oreille, penché sur une feuille de papier, prêt à écrire mes déclarations. L'interrogatoire commença. On me demanda mon nom et ma condition. Le général s'informa si je n'étais pas le fils d'André Pétrovitch Griniov. À ma réponse affirmative il répliqua durement : « Dommage qu'un homme si honorable ait un fils si indigne ! » Je répondis tranquillement que, quelles que soient les accusations qui pesaient sur moi, j'espérais les dissiper par un exposé sincère de la vérité. Mon assurance lui déplut.

« Tu es malin, mon garçon, me dit-il, en fronçant les sourcils : mais nous en avons vu d'autres ! »

Alors le jeune capitaine me demanda à quelle occasion et à quel moment j'étais entré au service de Pougatchov, et à quelles missions j'avais été par lui employé.

Je répondis avec indignation qu'étant donné ma qualité d'officier et de noble, je n'avais pas pu entrer au service de Pougatchov ni accepter de lui aucune mission.

« Comment se fait-il donc, riposta mon interrogateur, que ce noble, cet officier ait été seul gracié par l'usurpateur, alors que tous ses camarades ont été sauvagement massacrés ? Comment se fait-il que ce même officier, ce noble, festoie amicalement avec les insurgés et accepte des cadeaux du chef de ces brigands, une pelisse, un cheval et un demi-rouble d'argent ? D'où est née une si étrange amitié et sur quoi est-elle fondée, sinon sur la trahison ou du moins sur une infâme et criminelle lâcheté ? »

Je fus profondément offensé par les paroles de l'officier de la garde et commençai à me disculper avec chaleur. Je racontai comment j'avais fait la connaissance de Pougatchov dans la steppe pendant une bourrasque de neige, comment à la prise de Biélogorsk il m'avait reconnu et épargné. J'avouai que je n'avais pas eu honte, en vérité, d'accepter un touloupe et un cheval de l'usurpateur, mais que j'avais défendu le fort contre le scélérat jusqu'à la dernière extrémité. Enfin j'en appelai aussi au témoignage de mon général, qui pouvait prouver mon zèle pendant le triste siège d'Orenbourg.

Le sévère vieillard prit sur la table une lettre ouverte et se mit à la lire à haute voix :

« En réponse à la demande d'information de Votre Excellence concernant l'enseigne Griniov, qui aurait été mêlé à la présente révolte et serait entré avec le scélérat dans des relations défendues par le service et contraires à son serment et à son devoir, j'ai l'honneur de déclarer : ledit enseigne Griniov a été en service à Orenbourg depuis le début d'octobre 1773 jusqu'au 24 février de la présente année, date à laquelle il a quitté la ville, et depuis lors il n'a pas reparu parmi les troupes sous mes ordres. Mais on a appris de transfuges, qu'il avait été chez Pougatchov, à Berda, et était parti en sa compagnie à Biélogorsk, où il servait auparavant ; quant à sa conduite, je peux... » Le général interrompit alors sa lecture et me dit avec dureté : « Que diras-tu maintenant pour ta justification ? »

J'aurais voulu continuer comme j'avais commencé et exposer les liens qui m'unissaient à Maria Ivanovna avec autant de sincérité que tout le reste, mais soudain j'éprouvai une répulsion insurmontable. Il me vint à l'esprit que, si je la nommais, la commission exigerait sa comparution, et l'idée de mêler son nom aux basses délations de scélérats et de la forcer elle-même à une confrontation avec eux – cette idée effrayante me frappa tellement que je me troublai et m'embrouillai.

Mes juges, qui avaient commencé, semblait-il, à écouter mes réponses avec quelque bienveillance, furent de nouveau prévenus contre moi à la vue de mon trouble. L'officier de la garde exigea qu'on me confrontât avec le principal dénonciateur. Le général ordonna de faire venir le scélérat de la veille. Je me retournai vivement vers la porte, attendant l'apparition de mon accusateur. Quelques minutes après, un bruit de chaînes se fit entendre, la porte s'ouvrit et celui qui entra était... Chvabrine. Je fus surpris de la façon dont il avait changé. Il était affreusement maigre et pâle. Ses cheveux, peu auparavant noirs comme du jais, étaient devenus tout blancs ;

sa longue barbe était en désordre. Il répéta ses accusations d'une voix faible, mais hardie. D'après ses dires, j'avais été envoyé comme espion à Orenbourg par Pougatchov. Chaque jour je sortais faire le coup de feu, afin de transmettre des informations écrites sur tout ce qui se faisait dans la ville. À la fin j'étais ouvertement passé à l'usurpateur, j'allais avec lui de fort en fort, m'efforçant par tous les moyens d'amener la perte de mes camarades en trahison, pour prendre leurs places et recevoir les récompenses distribuées par l'usurpateur. Je l'écoutai en silence et ne fus satisfait que d'une chose : le nom de Maria Ivanovna n'avait pas été prononcé par le misérable, soit que son amour-propre souffrît à la pensée de celle qui l'avait repoussé avec mépris, soit que dans son cœur se cachât une étincelle de ce même sentiment qui m'avait forcé moi aussi à me taire. Quoi qu'il en fût, le nom de la fille du commandant de Biélogorsk ne fut pas prononcé devant la commission. Je m'affermis encore davantage dans ma décision, et lorsque les juges me demandèrent par quoi je pouvais réfuter les déclarations de Chvabrine, je répondis que je m'en tenais à ma première déclaration et que je n'avais rien d'autre à dire pour me justifier. Le général donna l'ordre de nous emmener. Nous sortîmes ensemble. Je jetai un regard calme sur Chvabrine, mais ne lui dis pas un mot. Il eut un sourire haineux, et, soulevant ses chaînes, passa avant moi et pressa le pas. On me reconduisit dans ma prison et depuis on ne me convoqua plus pour un nouvel interrogatoire.

Je n'ai pas été le témoin de tout ce dont il me reste à informer le lecteur ; mais j'en ai si souvent entendu le récit que les plus petits détails se sont gravés dans ma mémoire. Il me semble que j'y ai assisté en personne, sans être vu.

Maria Ivanovna avait été reçue par mes parents avec cette cordialité sincère qui distinguait les gens du siècle passé. Ils voyaient une bénédiction de Dieu dans l'occasion qui leur était offerte d'abriter et entourer de prévenances une pauvre orpheline. Bientôt ils eurent pour elle un véritable attachement, parce qu'on ne pouvait pas la connaître sans l'aimer. Mon amour ne paraissait plus à mon père une simple folie, et ma mère n'avait qu'un désir, marier son petit Pierre à la chère fille du capitaine.

La nouvelle de mon arrestation fut un coup pour les miens. Maria Ivanovna leur avait raconté si simplement mes étranges relations avec Pougatchov, que non seulement ils n'en étaient pas inquiets, mais encore ils en riaient de bon cœur. Mon père ne voulait pas croire que j'aie pu être mêlé à cette abominable rébellion, dont le but était de renverser le trône et d'exterminer la noblesse. Il interrogea sévèrement Savélitch. Mon diadka ne cacha pas que son maître avait été l'hôte d'Émelka Pougatchov et que le scélérat le traitait bien avec faveur. Mais il jurait que jamais il n'avait entendu parler de trahison. Mes vieux parents s'étaient rassurés et se mirent à attendre avec impatience de bonnes nouvelles. Maria Ivanovna était vivement alarmée, mais elle se taisait, car elle était au plus haut degré douée de modestie et de prudence.

Quelques semaines s'écoulèrent... Soudain mon père reçut de Pétersbourg une lettre de notre parent le prince B... Le prince lui écrivait à mon sujet. Après l'entrée en matière d'usage, il lui annonçait que les soupçons sur ma participation aux desseins des rebelles ne s'étaient par malheur trouvés que trop fondés, qu'un châtiment exemplaire aurait dû m'atteindre, mais que la Souveraine, par égard pour les services et l'âge avancé du père, avait décidé de gracier le fils criminel, et, en lui évitant un supplice infamant, avait ordonné seulement de le déporter à vie au fin fond de la Sibérie.

Ce coup inattendu faillit tuer mon père. Il perdit sa fermeté coutumière et sa douleur, ordinairement muette, se répandit en plaintes amères. « Comment ! répétait-il, hors de lui, mon fils à moi a trempé dans les desseins de Pougatchov ! Dieu juste ! Que dois-je voir dans mes vieux jours ! La Souveraine lui évite le supplice ! Est-ce vraiment un apaisement à ma douleur ? Ce n'est pas le supplice qui est effrayant : mon aïeul est mort sur l'échafaud, en défendant ce qu'il jugeait le devoir sacré de sa conscience. Mon père a été puni en même temps que Volynski et Khrouchtchov. Mais qu'un noble trahisse son serment, qu'il s'acoquine avec des brigands, avec des assassins, avec des serfs fugitifs ! Honte et déshonneur à notre famille ! » Effrayée par son désespoir, ma mère n'osait pas pleurer devant lui et s'efforçait de lui redonner du courage, en parlant du peu de fondement des rumeurs publiques, de l'instabilité des opinions humaines. Mon père était inconsolable.

Maria Ivanovna se tourmentait plus que tous. Convaincue que j'aurais pu me justifier, si je l'avais seulement voulu, elle se doutait de la vérité et se jugeait coupable de mon malheur.

Elle cachait à tous ses larmes et ses douleurs et cependant songeait constamment aux moyens de me sauver.

Un soir, mon père était assis sur le divan, feuilletant le *Calendrier de la Cour*, mais ses pensées étaient loin et cette lecture ne produisait pas sur lui son effet ordinaire. Il sifflotait une marche d'autrefois. Ma mère tricotait en silence un gilet de laine et des larmes tombaient de temps en temps sur son ouvrage. Soudain Maria Ivanovna, qui travaillait auprès d'eux, déclara qu'il lui était indispensable d'aller à Pétersbourg et demanda qu'on lui en donnât le moyen. Ma mère fut très affligée. « Pourquoi dois-tu aller à Pétersbourg ? dit-elle. Est-il possible que toi aussi tu veuilles nous abandonner ? »

Maria Ivanovna répondit que son avenir dépendait de ce voyage, qu'elle allait chercher aide et protection auprès des puissants, comme la fille d'un homme qui avait souffert pour sa fidélité.

Mon père baissa la tête : chaque mot qui lui rappelait le prétendu crime de son fils lui était pénible et lui semblait un cuisant reproche. « Va, ma chère ! lui dit-il avec un soupir : nous ne voulons pas mettre d'entrave à ton bonheur. Que Dieu te donne pour fiancé un brave garçon, et non un traître déshonoré ! » Il se leva et sortit de la chambre.

Maria Ivanovna, restée seule avec ma mère, lui expliqua en partie ses projets. Ma mère l'embrassa en pleurant et pria Dieu pour le succès de son entreprise. On équipa Maria Ivanovna et quelques jours après elle se mit en route avec la fidèle Palachka et le fidèle Savélitch, qui, séparé par force de moi, se consolait au moins à l'idée qu'il servait celle qu'on appelait ma fiancée.

Maria Ivanovna arriva sans encombre à Sofia et, apprenant que la Cour était alors à Tsarskoïe Selo, elle résolut de s'y arrêter. On mit à sa disposition un petit coin derrière un paravent. La femme du maître de poste entra aussitôt en conversation avec elle, lui apprit qu'elle était la nièce du chauffeur du palais et l'initia à tous les mystères de la vie à la Cour. Elle lui raconta à quelle heure la Souveraine s'éveillait d'ordinaire, prenait son café, faisait ses promenades ; quels grands personnages se trouvaient alors auprès d'elle, ce qu'elle avait daigné dire la veille chez elle à table ; qui elle recevait le soir. En un mot, la conversation d'Anna Vlassievna valait quelques pages de Mémoires historiques et aurait été précieuse pour la postérité. Maria Ivanovna l'écoutait avec attention. Elles allèrent dans le parc. Anna Vlassievna lui raconta l'histoire de chaque allée, de chaque passerelle ; après s'être longuement promenées elles revinrent au relais de poste, fort satisfaites l'une de l'autre.

Le lendemain matin, de bonne heure, Maria Ivanovna s'éveilla, s'habilla et sans bruit alla dans le parc. La matinée était belle, le soleil éclairait les cimes des tilleuls, déjà jaunis sous le souffle fraîchi de l'automne. Le large lac brillait, immobile. Les cygnes réveillés voguaient majestueusement en sortant des buissons qui ombrageaient les rives. Maria Ivanovna marcha le long d'une belle pelouse, où l'on venait d'élever un monument en l'honneur des récentes victoires du comte Pierre Alexandrovitch Roumiantsev. Tout à coup un petit chien blanc de race anglaise se mit à aboyer et courut à sa rencontre. Maria Ivanovna eut peur et s'arrêta. Au même instant retentit une agréable voix de femme. « N'ayez pas peur, il ne mordra pas ! » Et Maria Ivanovna aperçut une dame, assise sur un banc, face au monument. Elle s'assit à l'autre bout du banc. La dame la regardait fixement. Maria Ivanovna, de son côté, après quelques regards jetés à la dérobée, avait réussi à la détailler de la tête aux pieds. Elle portait une robe blanche du matin, une coiffe de nuit et une douillette. Elle paraissait avoir une quarantaine d'années. Son visage, plein et rose, exprimait la majesté et le calme, ses yeux bleus et son léger sourire avaient un charme inexprimable. La dame rompit la première le silence.

– Vous n'êtes assurément pas d'ici ? dit-elle.
– Non, Madame, je suis arrivée hier soir seulement, de province.
– Vous êtes venue avec vos parents ?
– Non, je suis venue toute seule.
– Toute seule ! Mais vous êtes encore si jeune !
– Je n'ai ni père ni mère.
– Vous êtes, évidemment, ici pour affaires.
– Oui, Madame, je suis venue présenter une supplique à la Souveraine...
– Vous êtes orpheline : sans doute vous plaignez-vous d'une injustice et d'une offense ?
– Non, Madame : je viens implorer une grâce et non une justice.
– Permettez-moi de vous demander qui vous êtes ?
– Je suis la fille du capitaine Mironov.

– Du capitaine Mironov ? De celui qui était commandant d'un des forts du gouvernement d'Orenbourg ?

– Oui, Madame.

La dame parut touchée.

– Pardonnez-moi, dit-elle, d'une voix encore plus caressante, si je me mêle de vos affaires : mais je fréquente à la Cour ; expliquez-moi l'objet de votre supplique et peut-être réussirai-je à vous aider.

Maria Ivanovna se leva et la remercia respectueusement. Tout dans la dame inconnue forçait la sympathie et inspirait confiance. Maria Ivanovna tira de sa poche un papier plié et le présenta à sa protectrice inconnue, qui se mit à le parcourir en silence.

Elle le lut d'abord d'un air attentif et bienveillant, mais soudain son visage changea, et Maria Ivanovna, qui suivait des yeux tous ses mouvements, eut peur de l'expression sévère de ce visage, si agréable et si calme une minute auparavant.

– Vous intercédez pour Griniov ? dit-elle d'un air glacial. L'Impératrice ne peut le pardonner. Il s'est rangé du côté de l'usurpateur non par ignorance et légèreté, mais en mauvais sujet sans moralité et dangereux.

– Ah, ce n'est pas vrai ! s'écria Maria Ivanovna.

– Comment, ce n'est pas vrai ! répliqua la dame, toute rouge.

– Ce n'est pas vrai, par Dieu, ce n'est pas vrai ! Je sais tout. Je vous raconterai tout. C'est pour moi seule qu'il a subi tout ce qui lui est arrivé. Et s'il ne s'est pas justifié devant le tribunal, c'est seulement parce qu'il n'a pas voulu me mêler à cette affaire.

Et avec feu, elle raconta tout ce qui est déjà connu de nos lecteurs.

La dame l'écouta avec attention.

« Où êtes-vous descendue ? » lui demanda-t-elle ensuite, et en apprenant que c'était chez Anna Vlassievna, elle ajouta avec un sourire : « Ah ! je la connais. Adieu, ne parlez à personne de notre rencontre. J'espère que vous n'attendrez pas longtemps une réponse à votre lettre. »

À ces mots elle se leva et partit dans une allée couverte, tandis que Maria Ivanovna revint chez Anna Vlassievna, pleine d'une joyeuse espérance.

La maîtresse de poste la gronda pour sa matinale promenade d'automne, nuisible, d'après ses dires, à la santé d'une jeune fille. Elle apporta le samovar, et, en prenant le thé, elle allait recommencer ses interminables histoires sur la Cour, lorsque soudain une berline du palais s'arrêta devant le perron et un valet de pied entra en annonçant que la Souveraine daignait mander auprès d'elle Mademoiselle Mironova.

Anna Vlassievna fut stupéfaite et s'affaira. « Ah, mon Dieu ! s'écria-t-elle. La Souveraine vous réclame à la Cour. Mais comment allez-vous, ma chère, vous présenter à l'Impératrice ? Vous ne savez pas, je pense, marcher comme à la Cour... Ne dois-je pas vous conduire ? Je peux tout de même vous éviter quelque maladresse. Et comment y aller en costume de voyage ? Ne faudrait-il pas envoyer chercher chez la sage-femme sa robe jaune à paniers ? »

Le valet de chambre déclara qu'il plaisait à la Souveraine que Maria Ivanovna vînt seule et avec le costume dans lequel on l'aurait trouvée. Il n'y avait rien à faire. Maria Ivanovna prit place dans la berline et partit au palais, accompagnée des conseils et des bénédictions d'Anna Vlassievna.

Maria Ivanovna pressentait que notre destinée allait se décider. Son cœur se serrait et défaillait ; quelques minutes après la berline s'arrêta devant le palais. Maria Ivanovna monta l'escalier en tremblant. Les portes devant elle s'ouvrirent toutes grandes. Elle traversa une longue enfilade de pièces magnifiques, solitaires : le valet de chambre lui montrait le chemin. Enfin, après être arrivé à une porte fermée, il lui déclara qu'il allait l'annoncer et la laissa seule.

La pensée de voir l'Impératrice face à face l'effrayait au point qu'elle pouvait à peine se tenir sur ses jambes. Une minute après les portes s'ouvrirent, et elle entra dans le cabinet de toilette de la Souveraine.

L'Impératrice était assise devant sa coiffeuse. Quelques courtisans l'entouraient. Ils firent respectueusement place à Maria Ivanovna. La Souveraine se tourna gracieusement vers elle, et Maria Ivanovna reconnut la dame avec laquelle elle s'était expliquée avec tant de sincérité quelques minutes auparavant. La Souveraine la fit approcher et dit avec un sourire : « Je suis heureuse d'avoir pu tenir ma parole et exaucer votre prière. Votre affaire est terminée. Je suis convaincue de l'innocence de votre fiancé. Voici une lettre que vous voudrez bien prendre la peine de remettre vous-même à votre futur beau-père. »

Maria Ivanovna prit la lettre d'une main tremblante et, fondant en larmes, tomba aux pieds de l'Impératrice qui la releva et l'embrassa. « Je sais que vous n'êtes pas riche, dit-elle. Mais j'ai une dette à payer envers la fille du capitaine Mironov. Ne vous inquiétez pas de l'avenir. Je prends sur moi de vous établir. »

Après avoir entouré de prévenances la pauvre orpheline, l'Impératrice lui donna congé. Maria Ivanovna partit dans la berline de la Cour qui l'avait amenée. Anna Vlassievna, qui avait attendu son retour avec impatience, l'accabla de questions auxquelles Maria Ivanovna répondit évasivement. Anna Vlassievna fut peu satisfaite de son manque de mémoire, mais elle l'attribua à sa timidité provinciale et pardonna généreusement. Le même jour Maria Ivanovna, sans avoir eu la curiosité de jeter un regard sur Pétersbourg, retourna au village...

Ici s'arrêtent les souvenirs de Pierre Andréievitch Griniov. D'après des traditions de famille, on sait qu'il fut libéré de prison à la fin de 1774, sur un ordre signé de l'Impératrice ; il assista à l'exécution de Pougatchov, qui le reconnut dans la foule et lui fit un signe de tête ; cette tête, un instant après, inanimée et ensanglantée, fut montrée au peuple. Bientôt après, Pierre Andréievitch épousa Maria Ivanovna. Leur descendance prospéra dans le gouvernement de Simbirsk. À trente verstes de... se trouve un village indivis entre dix propriétaires. Dans l'une des ailes de la demeure seigneuriale on montre la lettre autographe de Catherine II, encadrée sous verre. Elle est adressée au père de Pierre Andréievitch et contient, avec la réhabilitation de son fils, l'éloge de l'esprit et du cœur de la fille du capitaine Mironov.

Le manuscrit de Pierre Andréievitch Griniov nous a été transmis par un de ses petits-fils, qui avait appris que nous étions occupé à un travail sur l'époque décrite par son grand-père. Nous avons décidé, avec l'autorisation de la famille, de le publier à part, après avoir cherché pour chaque chapitre une épigraphe appropriée et nous être permis de changer quelques noms propres.

9 octobre 1836.

L'éditeur.

SUPPLÉMENT AU CHAPITRE XIII

Zourine reçut l'ordre de traverser la Volga et de marcher en toute hâte vers Simbirsk, où commençait déjà à flamber l'incendie. La pensée que peut-être j'aurais la chance de pouvoir passer par notre village, d'embrasser mes parents et de voir Maria Ivanovna, excitait ma joie. Je sautais comme un enfant et je répétais, en embrassant Zourine : « À Simbirsk ! à Simbirsk ! » Zourine soupirait et disait en haussant les épaules : « Non, cela ne te portera pas bonheur ! Si tu te maries, tu es perdu et pour rien ! »

Nous approchions de la Volga. Notre régiment entra dans le village de X... et s'y arrêta pour la nuit. Le lendemain matin nous devions traverser le fleuve. Le staroste m'apprit que sur l'autre rive tous les villages étaient en révolte et que les bandes de Pougatchov y couraient de tous côtés.

Cette nouvelle me causa une vive alarme.

L'impatience s'empara de moi. Elle ne me laissait pas de repos. Le village de mon père était situé à trente verstes de l'autre côté du fleuve. Je demandai si l'on ne me trouverait pas un passeur. Tous les paysans étaient pêcheurs : il y avait beaucoup de barques.

J'allai trouver Zourine et lui fis part de mon intention. « Prends garde, me dit-il. Il est dangereux d'aller seul. Attends demain matin. Nous traverserons les premiers et nous irons rendre visite à tes parents avec cinquante hussards, à tout hasard. »

Je fis prévaloir mon opinion. La barque était prête. Je m'y embarquai avec les rameurs. Ils larguèrent l'amarre et appuyèrent sur les rames.

Le ciel était clair. La lune brillait. Le temps était calme. La Volga coulait, unie et tranquille. La barque, avec un balancement régulier, glissait sur la crête des vagues sombres. Une demi-heure environ passa. J'étais plongé dans les rêveries de mon imagination. Nous atteignîmes le milieu de la rivière... Soudain les rameurs se mirent à chuchoter entre eux. « Qu'y a-t-il ? » demandai-je en revenant à la réalité... « Nous ne savons pas, Dieu seul le sait », répondirent les rameurs, en regardant du même côté. Mes yeux se tournèrent dans la même direction, et je vis dans les ténèbres quelque chose qui flottait en descendant la Volga. Cet objet inconnu approchait. J'ordonnai aux rameurs de s'arrêter et d'attendre qu'il fût là. « Qu'est-ce que cela pourrait bien être ? disaient les rameurs, pour une voile, ce n'est pas une voile, pour un mât, ce n'est pas un mât. » La lune passa derrière un nuage. L'apparition flottante devint encore plus noire. Elle était déjà près de moi, mais je ne pouvais toujours pas en discerner les lignes. Soudain la lune sortit de derrière son nuage et versa sa lumière sur un spectacle affreux. À notre rencontre voguait une potence, fixée sur un radeau. Trois corps pendaient à sa traverse. Une curiosité maladive s'empara de moi. Je voulus jeter un regard sur le visage des pendus. Sur mon ordre les rameurs agrippèrent le radeau avec une gaffe et ma barque heurta la potence flottante. Je sautai sur le radeau et me trouvai entre les horribles poteaux. La pleine lune éclairait les visages décomposés des malheureux. L'un d'eux était un vieux Tchouvache, le second un paysan russe, un vigoureux et solide gars d'une vingtaine d'années. En levant les yeux sur le troisième, je fus saisi et je ne pus retenir un cri de commisération : c'était Vanka, mon pauvre Vanka, passé par sottise à Pougatchov. Au-dessus de leurs têtes était cloué un écriteau noir, portant en grosses lettres blanches l'inscription : « Voleurs et rebelles ! » Les rameurs, indifférents, m'attendaient en retenant le radeau avec leur gaffe. Je me réembarquai. Le radeau continua sa descente le long de la rivière. Longtemps la potence se détacha en noir dans l'obscurité. Enfin elle disparut et ma barque accosta la rive élevée et escarpée.

Je payai généreusement les rameurs. L'un d'eux me conduisit chez le staroste du village proche du passage. J'entrai avec lui dans l'isba. Le staroste, en m'entendant réclamer des chevaux, allait me recevoir assez grossièrement, mais mon guide lui dit tout bas quelques mots à l'oreille, et sa rudesse se changea aussitôt en une complaisance empressée.

En une minute un attelage à trois fut prêt. Je pris place dans la télègue et ordonnai qu'on me conduisît dans notre village.

Je galopais sur la grand-route le long de villages endormis. Je ne craignais qu'une chose : être arrêté en chemin. Si ma rencontre nocturne sur la Volga prouvait la présence des rebelles, elle était en même temps une preuve de la forte réaction du gouvernement. À tout hasard, j'avais dans ma poche le sauf-conduit que m'avait donné Pougatchov, et l'ordre de route du colonel Zourine. Mais je ne rencontrai personne, et vers le matin j'aperçus la rivière et le bois de sapins derrière lequel se trouvait notre village. Le postillon fouetta ses chevaux et un quart d'heure après j'entrais dans X. La maison seigneuriale se trouvait à l'autre extrémité. Les chevaux étaient lancés à toute allure. Soudain au milieu de la rue le postillon se mit à les retenir. « Qu'y a-t-il ? » demandai-je avec impatience. « Une barrière, seigneur ! » me répondit le postillon, qui arrêta avec peine ses bêtes déchaînées. En effet je voyais une barricade de chevaux de frise et une sentinelle armée d'un gourdin. Le moujik s'approcha de moi et ôta son chapeau, en me demandant mon passeport. « Qu'est-ce que cela signifie ? lui dis-je. Pourquoi cette barricade, ici ? Qui gardes-tu ? – Mais, mon bon seigneur, nous sommes en révolte, répondit-il en se grattant. – Et où sont vos maîtres ? demandai-je le cœur défaillant. – Nos maîtres, où ils sont ? répéta le moujik. Nos maîtres sont dans la grange. – Comment, dans la grange ? – Mais le greffier Andriouchka, sais-tu, les a mis aux fers et veut les conduire au Souverain notre maître ! – Mon Dieu ! ouvre la barrière, idiot. Qu'attends-tu ? »

La sentinelle ne se hâtait pas. Je sautai hors de la télègue, je lui assenai une torgnole sur l'oreille et j'écartai moi-même la barrière. Mon moujik me regardait avec un stupide étonnement. Je remontai dans la télègue et ordonnai de galoper vers la maison seigneuriale. Auprès des portes fermées se tenaient deux moujiks porteurs de gourdins. La télègue s'arrêta juste devant eux. Je sautai à terre et me jetai droit sur eux. « Ouvrez la porte ! » leur criai-je. Mon aspect était sans doute terrible ; tout au moins tous deux prirent la fuite, après avoir jeté leurs gourdins. J'essayai de faire sauter le cadenas, d'enfoncer la porte ; mais celle-ci était en chêne, et l'énorme cadenas était inexpugnable. À cet instant un jeune moujik sortit de l'isba des domestiques et d'un air arrogant me demanda comment j'avais l'audace de faire du tapage. « Où est Andriouchka le greffier ? lui criai-je. Qu'on me l'appelle !

– C'est moi-même, André Athanassievitch, et non Andriouchka, répondit-il, fièrement, les mains aux hanches. Que vous faut-il ? »

En guise de réponse, je le saisis au collet, le traînai jusqu'à la porte de la grange, et lui intimai l'ordre d'ouvrir. Le greffier voulait résister, mais une paternelle taloche agit aussi sur lui. Il tira la clef et ouvrit la grange. Je me précipitai sur le seuil et dans un coin obscur, faiblement éclairé par une étroite ouverture, percée dans le plafond, je vis ma mère et mon père. Leurs mains étaient enchaînées, et leurs jambes dans des fers. Je courus les embrasser et je ne pouvais proférer un seul mot. Tous deux me regardaient avec stupéfaction : trois années de vie militaire m'avaient tellement changé, qu'ils ne pouvaient me reconnaître.

Soudain j'entendis une chère voix familière : « Pierre Andréitch ! C'est vous ? » Je me retournai et je vis dans un autre coin Maria Ivanovna, garrottée elle aussi. Je fus pétrifié. Mon père me regardait en silence, n'osant pas en croire ses yeux. La joie brillait sur son visage. « Bonjour ! Bonjour, mon petit Pierre ! dit-il, en me pressant sur son cœur. Grâce à Dieu, tu es enfin venu ! » Ma mère poussa un soupir et fondit en larmes. « Mon petit Pierre ! mon chéri ! Comment Dieu t'a-t-il amené ? Es-tu bien-portant ? »

Je me hâtai de couper leurs liens avec mon sabre et de les tirer de leur réclusion. Mais, m'étant approché de la porte, je la trouvai de nouveau fermée. « Andriouchka ! criai-je. Ouvre ! – Compte là-dessus ! répondit le greffier de derrière la porte. Reste donc enfermé toi aussi ! Nous allons t'apprendre à faire du tapage et à traîner par le collet les fonctionnaires du Tsar ! »

Je me mis à examiner la grange, cherchant s'il n'y avait pas quelque moyen d'en sortir. « Ne prends pas cette peine, me dit mon père. Je ne suis pas de ces propriétaires dans les granges desquels on puisse entrer et sortir par des trous à voleurs. » Ma mère, un moment heureuse de mon arrivée, tomba dans le désespoir, en voyant que j'allais partager aussi le sort de la famille. Mais moi, j'étais plus calme depuis que je me trouvais avec eux et Maria Ivanovna. J'avais un sabre et deux pistolets : je pouvais encore soutenir un siège. Zourine devait arriver à notre secours vers le soir et nous délivrer. Je fis part de tout cela à mes parents et je réussis à tranquilliser ma mère et Maria Ivanovna. Elles s'abandonnèrent à la joie de nos retrouvailles, et quelques heures passèrent, inaperçues, à échanger sans trêve tendresses et propos.

« Eh bien, Pierre, me dit mon père, tu as assez fait de frasques, et j'ai été sérieusement irrité contre toi. Mais il n'y a pas à rappeler le passé. J'espère que maintenant tu es amendé et assagi. Je vois que tu as servi, comme l'exige l'honneur d'un officier. Merci. Tu es la consolation de ma vieillesse. Si je te dois ma délivrance, ma vie sera doublement agréable. » J'embrassai ma mère en pleurant et regardai Maria Ivanovna, qui était si joyeuse de ma présence qu'elle paraissait au comble du bonheur et de la quiétude.

Vers midi, nous entendîmes un bruit insolite et des cris. « Qu'est-ce que cela signifie ? dit mon père. N'est-ce pas ton colonel qui arrive à la rescousse ? – Impossible, répondis-je. Il ne sera pas là avant le soir. » Le bruit croissait, on sonnait l'alarme. Des gens à cheval galopaient dans la cour. À cette minute, dans une étroite ouverture percée dans le mur, passa la tête blanchie de Savélitch, et mon pauvre diadka s'écria d'une voix larmoyante : « André Pétrovitch ! Mon bon maître Pierre Andréitch ! Maria Ivanovna ! Un malheur ! Les bandits sont entrés dans le village. Et sais-tu, Pierre Andréitch, qui les a amenés ? Chvabrine Alexis Ivanytch, que le diable l'emporte ! »

En entendant le nom abhorré, Maria Ivanovna eut un geste de stupéfaction et resta immobile. « Écoute, dis-je à Savélitch. Envoie quelqu'un à cheval vers le passage de la Volga, à la rencontre du régiment de hussards, et ordonne-lui de faire savoir au colonel le danger où nous sommes !

– Mais qui donc envoyer, maître ? Tous les gamins sont en révolte, et tous les chevaux ont été saisis ! Ah ! les voilà déjà dans la cour ! Ils approchent de la grange. »

À ce moment, derrière la porte retentirent quelques voix. Je fis signe à ma mère et à Maria Ivanovna de se retirer dans un coin, je dégainai mon sabre et m'adossai au mur juste auprès de la porte. Mon père prit les pistolets, les arma tous les deux et se posta à côté de moi. La serrure grinça, la porte s'ouvrit et la tête du greffier apparut. Je lui assenai un coup de sabre et le greffier tomba, obstruant l'entrée. À cette minute, mon père lâcha un coup de pistolet dans la porte. La foule qui nous assiégeait s'enfuit en poussant des malédictions. Je tirai le blessé par-dessus le seuil et fermai la porte.

La cour était pleine de gens armés. Parmi eux, je reconnus Chvabrine. « N'ayez pas peur, dis-je aux dames, il y a un espoir. Quant à vous, père, ne tirez plus. Gardons la dernière balle. »

Ma mère priait Dieu en silence. Maria Ivanovna était debout auprès d'elle, attendant avec un calme angélique l'arrêt de son destin. Derrière la porte retentissaient menaces, injures et malédictions. J'étais à mon poste, prêt à hacher le premier audacieux qui entrerait. Soudain les brigands firent silence. J'entendis la voix de Chvabrine, qui m'appelait par mon nom.

– Je suis ici. Que veux-tu ?

– Rends-toi, Griniov : toute résistance est impossible, aie pitié de tes vieux. L'obstination ne te sauvera pas. Je vous aurai !

– Essaye, traître.

– Je ne vais ni me risquer moi-même inutilement, ni perdre mes gens, mais je vais ordonner de mettre le feu à la grange et nous verrons alors ce que tu feras, Don Quichotte de Biélogorsk. Maintenant, c'est l'heure de dîner. En attendant, réfléchis à loisir. Au revoir ! Maria Ivanovna : je ne m'excuse pas devant vous. Vous ne vous ennuyez sans doute pas dans l'obscurité avec votre chevalier.

Chvabrine s'éloigna, en laissant une garde auprès de la grange. Nous nous taisions. Chacun de nous gardait pour soi ses réflexions, sans oser les communiquer aux autres. Je m'imaginais tout ce qu'était en état de faire Chvabrine hors de lui. Je ne m'inquiétais presque pas de moi-même. L'avouerai-je ? Le sort même de mes parents ne m'effrayait pas autant que le destin de Maria Ivanovna. Je savais que ma mère était vénérée par les paysans et les domestiques. Mon père, malgré sa sévérité, était aussi aimé, car il était juste et connaissait les véritables besoins des gens qui lui étaient soumis. Leur révolte était un égarement, une ivresse d'un moment et non une manifestation de leur mécontentement. On épargnerait les miens vraisemblablement. Mais Maria Ivanovna ? Quel sort lui préparait un homme sans conscience et sans honneur ? Je n'osais pas m'arrêter à cette affreuse pensée et je me préparais (que Dieu me pardonne !) à la tuer, plutôt que de la voir une seconde fois dans les mains d'un cruel ennemi.

Une heure encore, environ, passa. Dans le village retentissaient les chants des ivrognes. Nos gardes les enviaient, et par dépit contre nous, nous insultaient et cherchaient à nous terroriser en nous promettant des tortures et la mort. Nous attendions les suites des menaces de Chvabrine. Enfin il se fit un grand mouvement dans la cour et nous entendîmes de nouveau la voix de Chvabrine.

– Alors quoi, avez-vous bien réfléchi ? Vous rendez-vous de bon gré dans mes mains ?

Personne ne répondit.

Après avoir attendu un peu, Chvabrine ordonna d'apporter de la paille. Quelques minutes après, le feu prit et illumina la grange obscure. La fumée commença à pénétrer par les fissures du seuil.

Alors Maria Ivanovna s'approcha de moi et, doucement, m'ayant pris par la main, me dit : « Assez, Pierre Andréitch ! Ne causez pas pour moi la perte de vos parents et la vôtre. Chvabrine m'écoutera. Laissez-moi sortir ! »

– Pour rien au monde, m'écriai-je avec emportement. Savez-vous ce qui vous attend ?

– Je ne survivrai pas au déshonneur, me répondit-elle avec calme. Mais peut-être sauverai-je mon libérateur et une famille qui a si noblement protégé une pauvre orpheline. Adieu, Pierre Andréitch ! Adieu, Avdotia Vassilievna. Vous avez été pour moi plus que des bienfaiteurs. Bénissez-moi. Adieu vous aussi, Pierre Andréitch. Soyez persuadé que... que... » À ces mots, elle fondit en larmes et se couvrit le visage de ses mains.

J'étais comme fou. Ma mère pleurait.

– Assez de paroles inutiles ! Maria Ivanovna, dit mon père, qui te laissera aller seule chez les brigands ? Assieds-toi ici et tais-toi. S'il faut mourir, nous mourrons ensemble. Écoute ! Qu'est-ce qu'ils disent encore ?

– Vous rendez-vous ? criait Chvabrine. Vous le voyez, dans cinq minutes on vous fera rôtir.

– Nous ne nous rendrons pas, brigand ! lui répondit mon père d'une voix ferme.

Son visage hardi, couvert de rides, était extraordinairement animé. Ses yeux étincelaient sous ses sourcils blancs. Et, se tournant vers moi, il dit : « Voici le moment ! »

Il ouvrit la porte. La flamme fit irruption et serpenta au long des poutres, calfatées avec de la mousse sèche. Mon père fit feu, enjamba le seuil brûlant et cria : « À moi ! » Je pris ma mère et Maria Ivanovna par le bras et je les entraînai rapidement à l'air libre. Auprès du seuil était étendu Chvabrine, transpercé d'une balle par la main débile de mon père. La foule des brigands, mise en fuite par notre sortie inattendue, reprit aussitôt courage et commença à nous entourer. Je réussis à assener encore quelques coups de sabre ; mais une brique, sûrement lancée, me frappa en pleine poitrine. Je tombai et perdis un moment connaissance. On m'entoura et on me désarma.

Étant revenu à moi, je vis Chvabrine, assis sur l'herbe ensanglantée, et devant lui ma famille.

On me soutenait sous les bras. La foule des paysans, des cosaques, des Bachkirs nous encerclait. Chvabrine était affreusement pâle. D'une main il pressait son côté blessé. Son visage exprimait la souffrance et la haine. Il leva lentement la tête, me regarda et dit d'une voix faible et indistincte : « Qu'on le pende !... et tous... sauf elle !... »

La foule aussitôt nous entoura et nous traîna vers la porte cochère. Mais soudain elle nous lâcha et se dispersa : par la porte entrait Zourine et derrière lui tout un escadron, sabre au clair.

Les révoltés s'enfuyaient de tous les côtés. Les hussards les poursuivaient, les sabraient et les faisaient prisonniers. Zourine sauta à bas de son cheval, s'inclina devant mon père et ma mère et me serra la main. « Je suis arrivé à point ! nous dit-il. Ah ! voilà aussi ta fiancée ! » Maria Ivanovna rougit jusqu'aux oreilles. Mon père s'approcha de lui et le remercia d'un air calme, quoique ému. Ma mère l'embrassait, en l'appelant son ange sauveur. « Faites-nous la grâce de venir chez nous », lui dit mon père, et il le conduisit dans notre maison.

En passant près de Chvabrine, Zourine s'arrêta : « Qui est-ce ? demanda-t-il, en regardant le blessé. – C'est le chef lui-même de la bande, répondit mon père avec quelque fierté qui découvrait le vieux militaire. Dieu a aidé ma main débile à punir ce jeune scélérat et à venger sur lui le sang de mon fils. – C'est Chvabrine, dis-je à Zourine. – Chvabrine ! Enchanté ! Hussards, emmenez-le ! Et qu'on dise au médecin de panser sa blessure et de veiller sur lui comme sur la prunelle de ses yeux. Il faut absolument faire comparaître Chvabrine devant la commission secrète de Kazan. C'est un des principaux criminels, et ses dépositions doivent être importantes ! »

Chvabrine ouvrit ses yeux au regard épuisé. Sur son visage rien ne se peignait sauf la douleur physique. Les hussards l'emportèrent sur un manteau.

Nous entrâmes dans nos appartements. C'est en tremblant que je regardais autour de moi, en me rappelant mes années d'enfance. Rien dans la maison n'avait changé. Tout était à la place d'autrefois : Chvabrine n'avait pas permis le pillage, conservant dans sa pire bassesse un dégoût involontaire pour une cupidité déshonorante.

Les domestiques apparurent dans le vestibule. Ils n'avaient pas pris part à la rébellion, et de tout cœur se réjouissaient de notre délivrance. Savélitch triomphait. Il faut savoir que pendant l'affolement causé par l'attaque des brigands, il avait couru à l'écurie où était le cheval de Chvabrine, l'avait sellé, fait sortir sans bruit et, à la faveur du tumulte, avait galopé sans être vu vers le passage de la Volga. Il avait rencontré le régiment au repos, déjà de ce côté du fleuve. Zourine, apprenant par lui le danger que nous courions, avait ordonné le boute-selle, commandé : « En avant, au galop ! » et grâce à Dieu, était arrivé à temps.

Zourine obtint que la tête du greffier du village fût exposée pendant quelques heures au bout d'une perche près du cabaret.

Les hussards revinrent de leur poursuite avec quelques prisonniers. Ils les enfermèrent dans cette même grange où nous avions soutenu un mémorable siège. Nous nous retirâmes chacun dans nos chambres. Mes vieux parents avaient besoin de repos. N'ayant pas dormi de toute la nuit, je me jetai sur mon lit et m'endormis solidement.

Zourine partit prendre ses dispositions.

Le soir nous nous réunîmes dans le salon autour du samovar, en causant joyeusement du danger passé. Maria Ivanovna servait le thé. J'étais assis auprès d'elle et m'occupais d'elle exclusivement. Mes parents, semblait-il, étaient heureux de voir la tendresse de nos relations. Jusqu'à maintenant cette soirée vit dans mon souvenir. J'étais heureux, complètement heureux ; mais y a-t-il beaucoup de minutes semblables dans la pauvre vie humaine ?

Le lendemain on vint annoncer à mon père que les paysans s'étaient présentés dans la cour d'honneur pour demander leur pardon. Mon père sortit sur le perron. Dès qu'il parut, les moujiks tombèrent à genoux. « Eh bien, quoi, idiots ? leur dit-il. Pourquoi avez-vous eu l'idée de vous révolter ? – Pardon, notre maître ! répondirent-ils d'une seule voix. – Les voilà qui demandent pardon ! Ils font sottise sur sottise et ils le regrettent eux-mêmes ! Je vous pardonne pour la joie que Dieu m'a donnée de revoir mon fils Pierre Andréievitch. Allons, c'est bon ! Péché avoué est pardonné.

– Nous sommes coupables, bien sûr, coupables !

– Dieu nous a donné le beau temps ! Ce serait le moment de rentrer le foin. Et vous, tas d'imbéciles, qu'avez-vous fait trois grands jours durant ? Staroste ! Mets-moi tout le monde à la fenaison ! Et attention, vieille bête de rouquin, que pour la Saint-Jean tout mon foin soit en meules ! Allez, ouste ! »

Les moujiks s'inclinèrent et partirent à la corvée comme si de rien n'était.

La blessure de Chvabrine ne s'avéra pas mortelle. On l'envoya sous bonne garde à Kazan. Je vis de ma fenêtre comment on l'installa sur une télègue. Nos regards se rencontrèrent. Il baissa la tête, et je m'éloignai en hâte de la fenêtre : je craignais de paraître triompher de l'écrasement et du malheur d'un ennemi.

Zourine devait poursuivre sa route. Je décidai de le suivre, malgré mon désir de passer encore quelques jours dans ma famille. À la veille du départ j'allai chez mes parents et suivant l'habitude du temps je me jetai à leurs pieds, en leur demandant leur bénédiction pour mon mariage avec Maria Ivanovna. Ils me relevèrent et avec des larmes de joie me donnèrent leur consentement. Je conduisis auprès d'eux Maria Ivanovna pâle et tremblante. Ils nous bénirent. Je ne saurais décrire ce que j'éprouvais. Celui qui s'est trouvé dans ma situation me comprendra sans cela. Celui qui ne s'y est pas trouvé, je ne puis que le plaindre et lui conseiller, pendant qu'il est encore temps, de tomber amoureux et de recevoir la bénédiction de ses parents.

Le lendemain le régiment se rassembla. Zourine prit congé de notre famille. Tous, nous étions convaincus que les opérations militaires seraient vite terminées. J'espérais que dans un mois je serais marié. Maria Ivanovna, en me disant adieu, m'embrassa devant tout le monde. Savélitch m'accompagnait une nouvelle fois et le régiment partit. Longtemps je regardai de loin la demeure campagnarde que je quittais de nouveau. Un sombre pressentiment me troublait. Une voix me chuchotait à l'oreille que tous mes malheurs n'étaient pas finis. Mon cœur devinait une nouvelle tempête.

Je ne décrirai pas notre campagne et la fin de la guerre contre Pougatchov. Nous traversâmes des villages dévastés par Pougatchov et, malgré nous, nous enlevions aux habitants ce que les brigands leur avaient laissé.

Ils ne savaient à qui obéir. Partout l'administration avait disparu. Les propriétaires nobles se cachaient dans les forêts. Les chefs de détachements isolés, envoyés à la poursuite de Pougatchov, qui fuyait vers Astrakan, châtiaient en maîtres absolus coupables et innocents. La situation de la contrée entière où s'était déchaîné l'incendie était effrayante. Dieu veuille que nous ne voyions pas une révolte à la russe, absurde et sans merci. Ceux qui rêvent chez nous d'impossibles révolutions, ou sont des jeunes gens qui ignorent notre peuple, ou vraiment des gens au cœur cruel, pour qui leur peau ne vaut pas plus d'un kopeck et la tête des autres pas plus d'un quart de kopeck.